L'HEVRE DV BERGER.

DEMY-ROMAN COMIQVE.

OU

ROMAN DEMY-COMIQVE.

Par C. LE PETIT.

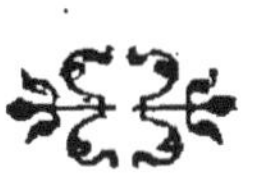

A PARIS,

Chez ANTOINE ROBINOT, Mar-
chand Libraire, sur le Quay
des Augustins, à l'Icare.

M. DC. LXII.
Auec Priuilege du Roy.

A

MONSEIGNEVR

MONSIEVR, OV MESSIRE

ZOROBABEL PIRONDESKI,

Liber Baro Auff Camploſ-
kov, Graff Von Koxiska
unt Chifrisko, Colonel d'vn
Regiment de Wiſigots pour
le ſeruice de ſon Alteſſe Se-
reniſſime Chimin Ianos De-
my-Duc de Tranſiluanie, &
Premier Valet de Garderobe
de defunt Monſieur ſon pere
Ragoski, &c.

I'*Auois composé la plus
belle Lettre de Conſtance*

qu'on ait jamais faite pour
vne Personne qu'on n'a jamais veüe, & ie n'en atten-
dois rien moins qu'vne de
Change de cinq à six cent
rixdalles (car je ne m'adres-
sois pas à vn Gueux com-
me vous pouuez juger par
l'échantillon) mais comme
nous sommes tous mortels,
& que tel qui mange au-
jourd'huy des Ortolans sera
demain rongé des vers: Par
le plus grand malheur de la
Terre pour moy, & encore
plus pour luy, mon pauure
Mecenas a pris la peine de

se laisser mourir, & justement (témoin Renaudot en
sa Gazette numero 5739.)
comme on achevoit d'imprimer la derniere feüille de
mon Liure à Paris en France, a rendu le dernier soûpir
de sa vie à Breslavv en Si-
lezie, au grand regret de ses
Creanciers, & au grand plaisir de ses Heritiers. De sorte
qu'estant maintenant dans
vn estat, où il a plus besoin
de Prieres que de loüanges,
& d'Epitaphes que de Pane-
giryques : I'ay fait de mon
Epistre Dedicatoire vn Sa-

crifice mortuaire à ſes Ma-
nes, & ſuis preſentement
ſot comme vn Mouſque-
taire qui a pris vn rat deuant le Roy (car de dire
cōme vn Fondeur qui a fon-
du ſa Cloche deuāt celuy qui
la fait faire, ce ſeroit ne
ſeruir que d'écho à Scarron
qui s'en eſt ſeruy vne fois fort
à propos,) auec vn Liure
à vendre ou à donner au
plus offrant & dernier en-
cheriſſeur. I'aurois quazi
deſſein de chercher ailleurs
mon mieux : Le Monde eſt
ſi grand qu'il me ſemble que

je n'aurois pas grand' peine
à trouver un Protecteur
vivant qui valut le trepassé
& haye au bout. Mais de
peur de tomber de fiévre en
chaut mal, & de changer
mon Cheval borgne en un
aueugle tout a fait; j'aime
mieux me tenir comme ie
suis, & ne dédier ny moy
ny mon Liure à personne.
Ne vous fâchez donc point,
Messieurs les Lecteurs, si
vous ne trouuez point icy
d'Epistre Dédicatoire, la
Parque vous fachera assez
sans cela; Vous voyez bien

que ce n'est pas ma faute; que j'ay fait ce que j'ay pû pour bien faire, & que ie ne pouuois pas m'adreſſer à vn Seigneur plus qualifié. Mais puiſque Dieu a voulu que mon Heure du Berger ſe rencontrât auec l'Heure de ſa Mort, je crois que vous le voudrez bien auſſi. Il ne vous ſera pas bien difficile de vous conſoler de cette perte, car c'eſt autant de peine épargnée pour vous; il n'y a que moy miſerable qui en ay dans l'aîle, & qui en tiens pour mon conte: car ou-

tre la peine d'auoir trauaillé
pour le Turc; outre la douleur
d'auoir veu mourir mon Mecene à la veille de son Im-
mortalité, & de me voir haut
& puissant Seigneur, ay encor le desplaisir d'estre si en-
rumé que i'aurois toutes les
peines du monde à me faire
entendre, si l'on parloit à la
fin des Lettres quand on dit
Ie suis vostre tres-humble &
tres-affectionné Seruiteur,

C. LE PETIT.

*

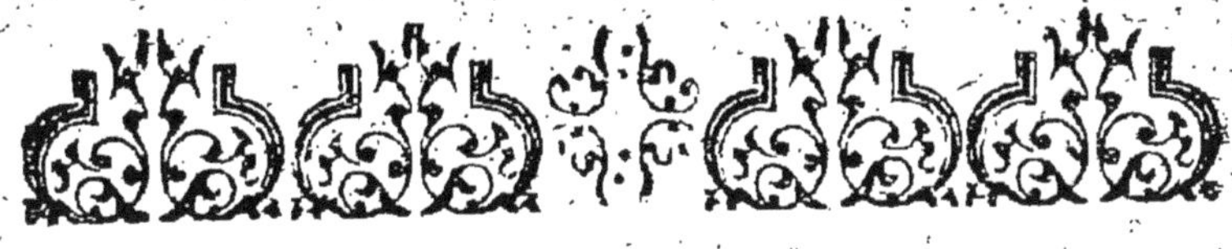

PREFACE

Telle quelle, & aussi en-
nuïeuse que longue tout
au moins.

I'Auois fait mon Liure assez
bien, je l'auois fait décrire
assez mal; ie l'auois donné au
Libraire assez genereusement;
dédié *à vn gros Milour* assez
auantageusement; corrigé chez
l'Imprimeur assez exactement,
& prié mesme assez instamment
quelques vns de mes amis de
faire des Vers à ma loüange

(plus par couſtume que vaine
gloire toutefois) afin d'alonger
le papier , & de rendre le Vo-
lume plus conſiderable : Enfin
j'auois fait ſans reproche ponctuellement toutes les fonctions
de ma nouuelle Charge d'Auteur. Ie croyois que ce fut vne
affaire faite que celle-là ; toutes
les fois qu'on heurtoit à ma
Porte, ie m'imaginois que c'e-
ſtoit *Robinot* qui m'apportoit
mes trois douzaines d'Exemplaires, &c. (comme il eſt plus
amplement porté dans l'accord
fait entre nous) & je n'atten-
dois plus qu'apres luy & mon
habit neuf pour aller faire en

bonne conche mes presens à mon *Mecene Genereux* : Mais helas ! qu'il est bien vray que l'Homme propose & que Dieu dispose, & qu'on n'est pas au bout de ses maux quand on acheue de faire vn troisiéme Liure, & qu'on n'a pas encore commencé à faire la Preface du second ! Ha Ciel ! qu'vn honneste homme a de mal en ce móde pour gaigner sa chien-ne de vie ; Que le mestier de l'Escritoire est vn mestier in-commode, & que s'en est vn agreable de viure de ses rentes : Mais i'ay beau pindariser ; i'ay beau crier ô Temps ! ô Siecle !

ô mœurs !

ô mœurs ! ou pluſtoſt ! ô Libraire ! ô Typographe ! ô Lecteur
point de nouuelles, c'eſt Phi-
loſophie perduë, c'eſt Morale
inutile.   Autant en emporte le
vent, ils ont des yeux & ne
voyent goute, ils ont des oreilles & ne m'entendent point; il
faut aualer ce Calice, & bon
gré malgré que i'en aye faire
vne coruée, ie veux dire vne
Preface : Mais quoy ? n'y a-t'il
pas moyen de s'accommoder
enſemble, ſuis-je iugé Preuo-
tablement ? Ne puis-je appeller
de cette Sentence ? Eſt-ce vne
choſe ſi neceſſaire qu'vn Auant-
propos dans vn Liure, que les

**

Lecteurs ne s'en puiſſent paſſer vne fois ? He de grace Meſ-
ſieurs ! Ie donne cent Vers de
bon cœur au commencement
de tous mes Liures, & pour
la ſainte amour de Dieu qu'on
ne me parle point de Proſe, &
qu'on ne mē demande jamais
de Preface : Qu'on ne m'oblige
point à me deſobliger, & qu'on
ne faſſe point conſiſter mon
honneur à faire vne ſottiſe :
l'aime mieux ? qu'aimay-je
mieux ? attendez que ie ſonge
vn peu, & ne promettons rien
que nous ne puiſſions tenir.
Oüy i'aime mieux (& ie le dis
haut & clair) faire *le Demy-*

Roman tout entier , & n'en parlons jamais. Est-ce me mettre
à la raison ? Est-ce en agir de
la belle maniere ? Eh ! point de
quartier , dites vous, impitoya-
bles & inhumains que vous
estes ?

Bonne ou mauuaise il faut vne Pre-
*   face ;*
Soit que l'Auteur ou le Diable la fasse,
Point de raisons la Raison ne reçoit ;
Tout sens commun suit la regle com-
*   mune ,*
Bref à quelque prix que ce soit
N'en fut-il point, il en faut vne.

Où sommes nous ma Muse ?
comment il en faut vne ? c'est
discourir bien imperieusement !

Quoy vous me prendrez à la gorge, & vous me ferez faire vn Prologue malgré mes dents? N'en déplaife à la Mode & au Sixain, il n'en fera que ce qui me plaira; Que dis-je! il n'en fera rien du tout : Et comme on ne fçauroit faire boire vn Afne s'il n'a foif, on ne fçauroit (fans comparaifon) faire écrire vn Auteur s'il n'en a enuie. I'ay vne tefte auffi bien qu'vn autre; & c'eft mal debuter pour obtenir quelque chofe de moy de me rompre en vifiere par vn *Il faut*, ou vn *Ie veux* : La ciuilité paffe par tout, & belles paroles n'écor-

chent point la langue : Si l'on
s'y estoit pris d'vn autre biais,
je ne sçay pas ce que j'aurois
fait ? Qui sçait si je n'en aurois
pas peut-estre déja fait vne, &
si *vn' poco di buona creanza* ne
m'auroit pas fait accorder à la
Complaisance , ce que je ne
donneray qu'au Dépit, (suposé
que j'en donne vne) par Pegaze
Cheual de main de Phœbus.
Vous estes de bons Cheuaux
de Carrosse ; je ne sçaurois
m'empescher de songer à cette
plaisante incartade : Sçauez-
vous bien que quand on me
met en colere, je me fâche; que
quand je suis fâché, il y paroist;

Si la vengeance est le plaisir
des Grands Seigneurs, c'est
aussi quelquesfois celuy des
pauures gens (& particulierement de moy indigne.) Et si je
prends le Liure, le Libraire &
l'Imprimeur, par la mort non
pas de ma vie je .... mais
alte à la colere, ce n'est qu'vne
chaleur de foye, il y a déja vn
quart d'heure que j'écris, & ce
n'est pas en vain; Faisons vn
coup de partie, & à tout hazard, habillons ce discours en
Preface; qu'on en dise tout ce
qu'on voudra, nous n'en écou-
terons que ce que nous vou-
drons,

Dans ce Siecle où Iustice seche,
Voit le pauure droit tout tortu,
Il faut faire de tout bois fleche,
Et de neceßité vertu !

Ma foy ce n'est point mal penſé,
Et je ſuis plus heureux que ſage,
Tout ſert en écriture außi bien qu'en
    ménage,
Et quand i'auray finy comme i'ay
    commencé,
Et dit trois mots de mon Ouurage,
Ie crois que le Labeur ſera bien
    auancé,
Et le lecteur, bien content, ou peu ſage.

Ie vous diray dõc, que mon Demy
Roman, eſt le trauail de deux jours
& demi, (& j'en prens à témoin mõ
Frere, mon Libraire, & noſtre Ser-

uante , qui font tous gens irre-
prochables ;) Que i'en ay pris le
Nom dans mon caprice, & l'in-
uention dans mon efprit : Et pour
me juftifier de quelque infidelité
qu'on me pourroit reprocher, que
je ne l'ay fait que pour feruir de
Plan à *vn de mes Amis* qui a def-
fein de s'y diuertir plus à loifir.
Voila qui va bien, i'en fuis quitte
à meilleur marché que ie ne croyois, Dieu foit loüé dans tous les
Siecles des Siecles. Il n'y a perfonne qui ne prenne cecy pour vne
Preface, ou je n'y entends rien,
quand j'auray dit (*Adieu Lecteur.*)

AV LECTEVR.

MADRIGAL,
Sur l'Heure du Berger de Monsieur
LE PETIT.

LEcteur amy, Lecteur amant
Qui cherches nuit & iour auec
   empressement
Cette Heure souhaittée
Et la rencontres rarement ;
Arrestes tes yeux vn moment
Sur ce nouueau Demy-Romant,
Elle t'est icy presentée
Tu peux en iouïr aisément
Moyennant modique somme :
Robinot est vn homme
Qui pourra te contenter ,
Songes donc viste à l'achepter ;
Car quiconque l'échappe
Lors qu'elle vient se presenter,
Iamais ne la ratrappe.

M. T.

***

AV LECTEVR.

Epigramme ou Quadrin.

Lis ce Demy-Romant Comique,
Si ce n'est pas (Lecteur au delicat
cerueau)
Quelque chose de magnifique,
C'est quelque chose de nouueau.
                    Le C. du T.

Icy est la place d'vn Epigramme
que Monsieur Colletet mon amy
m'auoit promis, & qu'il n'a pas
encor eu la bonté de m'enuoyer.
Ce sera pour la seconde edition.

A MONSIEVR
LE PETIT,

SVR SON HEVRE
du Berger.

SONNET.

QVE l'air dont tu décris vne
    aimable auanture,
Doit donner de plaisir aux plus no-
    bles esprits !
Petit, crois tout de bon que i'en suis
    si surpris,
Que ie crois voir en toy la moitié
    de Voiture.

Que l'Amour est gallant dont tu
    fais la Peinture !

Que ie le trouue aimable en tes doctes
    écrits !
Et ſi i'en eſtois crû que de Liures
    proſcrits
Laiſſeroient à la Cour tes œuures
    pour lecture :

Quand l'Heure du Berger ſonne
    dans ton Romant,
Pour combler de plaiſir les vœux d'vn
    pauure Amant,
On voit en meſme temps vne double
    victoire,

Par les ſoins de l'Amour Phelonte
    eſt couronné
Et toy, tu le ſeras par les mains de
    la Gloire ;
Car ie ſçais que pour toy l'Heure a
    déja ſonné.

DV PELLETIER.

LA

AL SIGNOR LE PETIT,

Per il suo Libro intitulato
l'Hora del Pastore.

MADRIGALE.

Horologio d'Amore,
Ingegnoso PETIT, fatto à gli
   Amanti
Lor vai mostrando l'Hore
Di goder' in amor dolci gli instanti.
Ma che? s'altri son paghi
Nel possesso d'vn bel caduco, e frale
Tù sol te stesso appaghi
Di bellezza immortale;
Mentre al Sol di virtù t'additi ogn'ora
De l'Amata tua Gloria eterna l'Hora.

M. A. Mariani Acad.
   Tranquillato, e Pe-
   regrino.

****

A MOY-MESME,
Sur mon Liure de *l'Heure du Berger.*

STROPHE.

Qvoy que l'on me puiſſe dire
De mon Heure du Berger,
Ie n'ay fait que la décrire
Ie n'ay fait que la ſonger :
Dedans l'Amoureuſe Hiſtoire,
Le Plaiſir plus que la Gloire
Flatte mon ame en ce jour ;
Et ie benirois ma ruſe
Si i'auois trouué chez l'Amour
Ce que i'ay trouué chez la Muſe.

C. LE PETIT.

A MOY-MESME ENCORE,
en dépit des Critiques.

Sur mon *Heure du Berger.*

SONNET.

EN vain on preſſe, on donne, on
    importune, on prie,
On fait en vain au Sexe en cent fa-
    çons la Cour,
Pour trouuer iuſtement dans le Cadran
    d'Amour,
Cette Heure du Berger ſi chere
    & ſi cherie.

En vain on ioint la force auecque
    l'induſtrie,
La force & l'induſtrie y ployent
    tour à tour,
Ie rencontre bien mieux dans mon
    Liure en ce jour

Ce que i'ay tant cherché dans la Galanterie.

Ciel? quand ce coup fatal aux Heros
 Amoureux
Sonne dans mon Roman? que Phe-
lonte est heureux?
Mais que dans son bon-heur qui char-
me ma memoire,

Ie fus ingenieux à tromper mon
 desir;
Car enfin malgré moy ie n'en ay que
 la Gloire,
Et luy malgré ma Muse en a tout le
 plaisir.

C. LE PETIT.

L'HEVRE DV BERGER,

DEMY-ROMAN COMIQVE,

ou

ROMAN DEMY-COMIQVE.

L estoit l'entre-chien & loup des François, & *l'entre dos luzes* des Espagnols (c'est tout vn) mais c'est à dire plus catholiquement & plus chrestiennement, il estoit à peu prés l'heure qu'il estoit hier entre huict & neuf du soir, &

A

par confequent le temps que *Phe-*
lonte le plus galand homme de
France, deuoit aller au rendez-
vous que *Philamie* la plus fpirituel-
leDame de Paris luy auoit donné.

Il n'y a perfonne qui ne croye
qu'entendant l'horloge frapper
cette heure fortunée, il quitta
toute forte de chofes pour fonger
à celle-là, & que mefme (fuppo-
fé qu'il fut alors à table) il ne fou-
pa qu'à moitié, & prit d'abord ho-
norablement congé de la compagnie pour aller joüyr de celle de
fa Maiftreffe; Et neantmoins quoy
que tout cela foit dans la vraye-
femblance, & que tout homme
d'honneur fon femblable l'euft fait
fans marchander, comme il y a
des gens par tout qui fe plaifent
à faire enrager les autres, & qui
ne font jamais bien, ou le font

touĵoûrs à rebours; je vous asseû-
re sur ma parole qu'il n'en fit rien.

Il y auoit désja si long-temps
qu'il le perdoit auec elle, qu'il
commençoit à s'ennuyer de la
voir, voyant que ses rendez-vous
ne rendoient point sa fortune meilleure, & c'estoit vne faueur qu'il
auoit désja receuë tant de fois
d'elle inutilement, qu'il croyoit
qu'on ne la luy renouuelloit si souuent que pour se mocquer plus
souuent de luy ; Tout cela joint
au degoust ordinaire qu'on a des
choses qui le font trop, faisoit qu'il
ne se pressoit pas beaucoup de
s'y rendre ponctuellement ; ce
n'est pas pourtant que la pauure
Dame ne reconnut son merite &
son amour, & n'eust vn furieux
penchant pour sa personne & vn
merueilleux tendre pour son dur

(pour parler precieusement) mais
elle estoit obligée de le desobliger
vn peu quelquefois en presence
de son mary, pour se mettre à couuert de ses-deffiances, & de le voir
comme luy, auec la mesme indiffe-
rence que tous ceux qui la ve-
noient voir auec la mesme preten-
tion, conseruant toutefois pour
luy dans son cœur vn je ne sçay
quoy d'autant plus fort qu'il estoit
violenté, & dans son esprit la resolution

De rompre quelque jour elle mesme les fers,
Dont elle s'estoit bien elle mesme enchaisnee,
Dedans la prison d'Hymenée,
Où sont les amoureux Enfers.

Mais le pauure *Phelonte* ne com-
prenoit rien à sa Politique, & quoy
qu'il eust assez d'esprit pour connoistre qu'il n'en estoit pas haï, il
n'auoit pas assez de presomption

pour s'imaginer qu'il en fut ay-
mé, ou du moins il croyoit s'il y
auoit quelque inclination de sa
part, qu'elle estoit partagée à tant
de pretendans, qu'estant le moindre de la troupe, la sienne seroit
si petite qu'il l'auroit donnée plus
que tres volontiers au premier venu pour beaucoup moins qu'elle
luy auoit cousté.

Voila comme on se trompe dans
les affaires de ce monde, comme
la prudence humaine ne voit souuent gouste en plain jour, & comme l'amour fait des beueuës aussi
bien que la fortune.

Toutefois apres que le bon Seigneur eust fait toutes ses fonctions
corporelles & spirituelles dans sa
famille comme les nuits semblent
longues en hyuer à ceux qui se
vont coucher de bonne heure, &

qu'il n'eſtoit pas grand dormeur,
il choiſit de deux maux le moindre, & conſeillé par je ne ſçay
quel bon ou mauuais genie, ou
pluſtoſt porté par ſon caprice ordinaire; il prit ſon eſpée, & faiſant
reſter au logis ceux de ſes gens qui
auoient couſtume de le ſuiure; il
prit ſeul à pied ſans flambeau le
chemin de la Place Ducale , où
eſtoit celle qu'il muguetoit depuis
ſi long-temps, (qui ſera la maiſon
de *Philamie*, ou ſi vous voulez *Phi-*
lamie meſme comme il y a plus
d'apparence) plus à deſſein pourtant, (s'il faut adjouſter foy aux
Amans qui n'en ont point) de diſ-
ſiper ſes melancolies que d'auancer ſes affaires ; il eſtoit dans vne
ſi profonde rêverie & marchoit l'eſprit ſi preoccupé qu'il auoit déſja
paſſé deuant quinze ou ſeize Orlo-

ges (tant du plus que du moins)
sans auoir pris garde quelle heure
il estoit, quoy qu'il fut assez cu-
rieux de son naturel, & sorty de
chez luy sans le sçauoir.

Vous me direz qu'il n'auoit qu'à
foüiller dans sa poche, & que sa
Montre l'auroit tiré de cette peine
sans s'en tant donner : & vous croi-
rez m'auoir dit quelque chose de
beau, & auoir trouué la pierre
Philosophale de l'eloquence & le
Nœu Gordien de cette auanture ;
mais je vous diray pour vous mettre l'esprit en repos de ce costé-là,
& comme vn homme qui le sçait
(sans vanité) mieux que vous ;
qu'il l'auoit laissée en partant, auec
tout son or à son valet de chambre, ou que depuis deux ou trois
jours ença il l'auoit enuoyée chez
l'Orloger pour y faire mettre vne

autre corde ; Ie ne ſçay pas aſſeurément lequel des deux ; c'eſt
pourquoy, de peur de mentir, je
vous les donne à diſcretion, & il
importe peu pour luy lequel vous
preniez, pour moy je prendrois le
premier ſi l'on me le donnoit à
choiſir comme à vous ; eſtant plus
vray-ſemblable que l'apprehen-
ſion des voleurs la luy fiſt laiſſer
au logis, que la neceſſité enuoyer
à l'Orloger ; mais tout ce galima-
tias ne ſert pas d'vn feſtu ; que ce
ſoit céluy-cy ou celuy-là, ou ſi
vous voulez tous les deux enſemble ; ou ſoit enfin qu'il n'en euſt
point du tout ; il eſt conſtant qu'il
n'en auoit point alors, & que
quand il en eut eu vne, elle ne
luy auroit ſeruy que de montre,
(c'eſt à dire de parade) la nuit
eſtant ſi noire qu'à peine voyoit-il

les

paùez pour poſer ſes ſouliers de marroquin (qui furent bien crottez Dieu mercy ce ſoir-là, (car il faut loüer Dieu de tout par paranteze) au raport d'vn de ſes laquais ainſi je vous laiſſe à penſer s'il auroit pû voir vne eſguille & vn chiffre.

Tant y a, qu'il auoit désja fait vne bonne partie de ſon voyage, ſans auoir trouué ny corps mort ny ame viuante, & certes il luy ennuyoit moins de ſa perſonne que de n'en rencontrer aucune, de qui il peuſt eſtre éclaircy du doute où il eſtoit, & en quelle heure il viuoit ; ainſi marchant à tâtons, & ſuppurant à l'auanture toutes les Ephemerides par ſes doigts, auec tout le chagrin & la mauuaiſe humeur d'vn homme qui n'a pas accouſtumé d'aller à

B

pied la nuict sans chandelle, &
sans Cadran au Soleil en dépit de
la Lune: Il apperceut de loin *quel-*
que chose de noir qui venoit à luy,
& entendit rouler en mesme
temps vn Carrosse dans vne ruë
voisine, d'où *ce quelque chose de*
noir venoit de sortir. L'impatience où il estoit de sçauoir des nouuelles de l'Orloge, le fit auancer
vers ce qu'il voyoit, mais il fut
bien surpris quand en estant assez
prés pour luy parler & pour en
estre entendu, il vit, que *ce quel-*
que chose de noir, estoit vne belle
Demoiselle masquée, ou plustost
vn beau masque de velours sur le
visage d'vne Demoiselle:

Car enfin la nuict à Paris,
Toutes filles sont Demoiselles,
Et toutes les laides sont belles,
Comme on dit que tous chats sont gris.

Cette rencontre le surprit d'autant plus qu'il s'y attendoit le
moins ; & que le Carrosse qui la
suiuoit sembloit luy appartenir ;
s'arrestant court lors qu'elle s'ar-
restoit comme elle faisoit alors :
& sa curiosité s'augmentant à me-
sure que son incertitude redou-
bloit, & estant absolument neces-
saire qu'il passast par là ou par la
fenestre pour aller chez *Philamie*,
sa ciuilité luy fit oster son cha-
peau en passant deuant elle, &
sa franchise luy dire ingenument:
Mademoiselle je vous demande excuse si je vous prends pour vn Orloge, & si je vous supplie de me
faire la grace de me dire quelle
heure il est? *Monsieur* je ne sçay
pas bonnement quelle heure il
peut estre à celuy des autres (répondit la pucelle?) mais au mien

(elle regardoit sa Montre en disant cela) il est bientost *L'heure du*
Berger ; Vrayment Mademoiselle
je vous ay donc rencontrée à la
bonne heure (luy repliqua-t'il
tout estonné,) & la joignant de
plus prés ; Ie serois le plus heureux homme de France, quoy que
le plus crotté de Paris si elle pouuoit sonner pour moy & s'il m'e-
stoit permis d'en perdre quelques
momens pour vous : Il luy disoit
cela par galanterie & comme bat-
tant en retraite (car il y a apparence qu'il en eust dit beaucoup
plus ou beaucoup moins, s'il eust
eu quelque autre dessein, & s'il se
fut douté de la moindre chose de
ce qui luy arriua apres, mais il
eust fallu estre plus Sorcier que le
Diable mesme pour le deuiner,
Monsieur (dit la Damoiselle auec
vne

vne voix ſi douce qu'elle auroit
appriuoiſé vn Loup, & joüant
admirablement bien ſon roolle)
quand l'Orloge des Dames ſonne
cette heure, c'eſt pour celuy qui
a le bon-heur de l'entendre ; Ma
belle Inconnuë (car vous l'eſtes
aſſeurément ſi voſtre viſage reſſemble à voſtre voix) luy répondit *Phelonte* retournant ſur ſes pas
& commançant à s'oublier de ſa
viſite de *Philamie*) je ne m'atten-
dois pas à celuy-là, il ne tiendra
qu'à vous que je n'aye la faueur
toute entiere, ſi vous pouuez vous
reſoudre de me donner cette heure bien-heureuſe auſſi genereuſe-
ment que vous me l'auez dite
agreablement ; je vous la donne
toute entiere & moy-meſme auec
(reprit l'Inconnuë) car ſe ſeroit
ne vous obliger qu'à demy de ne

C

vous en donner que la moitié; si
vous auez le cœur auſſi bon que
la langue, & ſi voſtre diſcretion
reſſemble à voſtre courtoiſie; vous
me paroiſſez aſſez honeſte homme
pour ne m'en point faire repentir.
Vous vous repentirez pluſtoſt ma
chere (repliqua le galand tout
paſſionné) de m'auoir connu trop
tard, que de m'auoir obligé trop
toſt; je ſeray perſuadée de voſtre
merite (pourſuiuit la fauſſe maſ-
que) par l'air dont je verray que
vous vous prendrez pour vous
ſeruir de voſtre bonne fortune ; je
n'attends plus que vos ordres Ma-
demoiſelle, adjouſta bruſquement
nôtre Aduenturier qui s'échauffoit
de plus en plus dans ſon harnois,
pour vous témoigner que j'ayme
mieux eſtre en effect qu'en paroles
voſtre tres-humble & tres-obeïſ-

fant Seruiteur ; fi vous eftes dans cette penfée à cette heure, luy dit la bonne Dame, ne la laiffons pas couler inutilement , voila mon Carroffe qui nous inuite, les plus courtes ceremonies font les meilleures, je vous veux montrer l'eftime que je fais de vous par l'abandonnement que je vous fais de moy , montons? difant cela, vn petit laquais qui eftoit juché derriere le Carroffe, defcendit, & en ayant abbatu les portieres, il en fortit vne autre Inconnuë qui n'auoit point encore paru, & qui n'eftoit là ce me femble; que pour prefter main-forte à l'autre, fi par hazard elle en auoit eu befoin, comme par bon-heur elle n'en euft pas, elle eftoit prefque de fon calibre , hor-mis qu'elle eftoit vn peu plus noble de taille qu'elle,

C ij

& beaucoup plus roturiere d'habits :

Mais l'habit ne fait pas le Moine,
Ny la fourrure le Chanoine,
Ny la barbe le Medecin,
Ny la longue corne le Diable,
Ny le bon bois la bonne Table,
Ny le laiĉt toûjours le beau sein.

Phelonte qui croyoit tenir Iu-
pin par les pieds, & Pluton par
la teste, ne se fit pas d'auantage
prier, voyant qu'on le prioit de
si bonne grace de son aduantage;
celle qui estoit descenduë la derniere du Carrosse, y remonta la
premiere l'ayant pris par la main;
l'autre les poussa tous deux par le
cul, & sauta apres eux dedans
comme vn homme. Les portieres
furent haussées en mesme temps,

& le Cocher corrompu & fait au badinage, (mais le plus impatient Cocher que je n'ay jamais veu) fans attendre *le touche*, fe mit à faire courre fes cheuaux de telle impetuofité, que le malheureux petit porte-efponge, qui ne voyoit que juftement affez clair pour fe rompre le cou, n'ayant encore qu'vne jambe fur le mouton, & voulant s'eflancer fur l'autre, perdit prife par le trop grand branle du Carroffe, & gliffant le long de la fleche s'embaraffa le bras gauche dans les baftons d'vne des roües de derriere, qui le luy cafferent net comme vn bras caffé à plaifir; le cry épouuantable qu'il fit, fit faire alte au Cocher, grand maroufle en cette occafion, quoy que peut-eftre fort honefte homme d'ailleurs, & mettre pied à

terre à toute l'honorable compagnie, pour voir ce que c'eſtoit ;
mais on le trouua à demy roüé &
éuanoüy, & tellement entortillé
dans la roüe, que le Cocher euſt
toutes les peines du monde à l'en
retirer, enfin comme vn Cocher
vigoureux eſt plus fort de beaucoup qu'vn Laquais eſtropié ; il
en vint à bout que bien que mal,
non ſans mainte doleance du mau-
dit trotin toutefois : & l'ayant em-
maillotté dans ſon manteau tel
quel, & jetté dedans le Carroſſe
comme vn pacquet. Nos deux
Inconnuës auec *Phelonte* y repri-
rent leurs premieres places, & le
Cocher (jurant Dieu comme vn
chartier embourbé ou renuerſé)
(l'vn ne vaut pas mieux que l'autre) eſtant remonté ſur ſon ſiege,
toucha à toute bride je ne ſçay où ;

& moy je ne sçay comment vous defcrire les mines & les poftures differentes du blond Monfieur & des deux Dames noires ; De ces dernieres l'vne ne difoit rien par politique , & l'autre non pas faute de langue, mais manque de n'auoir peut - eftre rien à dire , pour le mafle , comme on eft plus prudent apres la faute que deuant, il perdoit de moment en moment de fon humeur enjoüée , il deuenoit tout ftupefait & tout decontenancé, & il auoit fi mal au cœur,qu'il ne fongeoit pas qu'il en auoit deux dans fa main ; il fut d'vne trop grande extremité à vne autre,

Et pour auoir efté d'abord vn peu trop
fou,
Il fut alors vn peu trop fage :

Il estoit en peine quoy qu'il fut à son aise, comme tous ceux qui sont à leur aise sont toûjours en peine, mais raillerie à part, n'auoit-il pas autant de raison d'y estre que garçon de sa sorte ? il auoit veritablement trouué vne Dame fort ciuile ? mais il en auoit aussi rencontré vne fort rêueuse ?

Et comme-on craint toûjours ce qu'on ne connoist point,
Et qu'on ne connoist pas toûjours ce qu'il faut craindre.

Il ne sçauoit à quoy attribuër vne si rare courtoisie & vne si profonde taciturnité ; de plus que sçauoit-il où on le menoit ? & auec qui il estoit ? s'il auoit affaire à d'honnestes gens ? ou non ? si ce n'estoient point des voleurs déguisez, & qui ne luy faisoient vn peu d'honneur que pour luy faire beaucoup

beaucoup de mal ? que sçauoit-il?
ma foy je n'en sçay rien ? mais je
sçay bien que j'en aurois esté plus
en peine que je ne suis maintenant ; & que je tiens pour vn petit
miracle comme il n'y fut pas dauantage.

*Mais que ne peut l'Amour sur les
gens de son âge ?*

Son esperance luy faisoit oublier sa crainte, la pensée de sa
felicité future, adoucissoit l'amer-
tume de son inquietude presente,
il auroit souffert vne année entiere dans l'attente de cette heure
amoureuse, & il ne pouuoit s'i-
maginer que

*Mercure fut exprés tombé du Ciel en
Terre,*

D

Pour le venir voler sous l'habit de
  l'Amonr.

Le souuenir de *Philamie* le tou-
choit vn peu plus alors qu'auparauant, mais beaucoup moins
que le reste ; il sçauoit que ce qui
est differé n'est pas perdu, & qu'au
pis aller, il en seroit quitte auprés
d'elle pour quelques excuses ; mais
le fort qui l'entrainoit, estoit la
disposition de sa capture & les
circonstances de son engagement,
qu'il trouuoit galantes quoy qu'é-
tranges & inoüies ; & où il voyoit
quelque chose de si bizare, de si
naturel & de si libre, qu'il ne
s'en pouuoit imaginer de mauuai-
ses suittes contre toutes les appa-
rences : Comment, disoit-il entre
ses dents, (car il sçauoit faire des
Vers comme les autres, & sur le

champ.) Et cela auroit esté beau
qu'vn Amoureux des onze mille
Vierges comme luy n'en eust pas
sçeu faire.

Qui rencontreroit sans massacre
Deux Maistresses & deux Valets,
Et deux Roussins que beaux que laids
Attachez au timon d'vn Fiacre :
Il faudroit pour ne les pas prendre
Estre plus qu'vn & cetera ;
Pour moy deusse-je me voir pendre,
Ie veux voir ce qu'il en sera.

Quand par vne Parque meilleure,
Ie ne pourrois fuir ce danger ;
Mourant à L'HEVRE DV BERGER,
Ie ne mourray qu'à la bonne heure ;
Retirez-vous donc ! soupçon ! doute !
Ie ne suis pas vn animal ;
Encor que je ne voye goute,
Ie vois bien que rien n'ira mal.

Ie ne ſçay pas ce que l'on nomme
Vne auanture de Romant ;
Mais de voir vn fort honeſte homme
Marcher ſeul à pied nuitament ,
Et courre auec deux Demoiſelles
Toute la nuit le guilledou ;
S'en doit eſtre vne des plus belles,
Ou le Poëte n'eſt qu'vn fou.

Il diſoit cela tout bas, comme tous les gens d'eſprit ont couſtume de dire les choſes d'importance, tandis que le Carroſſe rouloit toûjours, comme ſi deux Diables l'euſſent traiſné au lieu de deux Cheuaux ; ce qui fit reuenir de ſa ſincope le venerable Laquais, qui eſtouffoit dans la Houpelande du Cocher , noſtre *Phelonte* ne ſçachant que dire , ſe mit à faire quelque choſe , & pluſtoſt pour l'importunité qu'il en receuoit,

que

que pour aucune charité qu'il eut
enuie de luy rendre ? le dehoupe-
landa le mieux qu'il pûst , & luy
donna vn peu d'air, qu'il n'euſt pas
pluſtoſt reſpiré

Qu'auec vn helas nonpareil !
Sa main droite & bleſme, & noiraſtre,
Vint ſeruir en guiſe d'emplaſtre
A ſon bras gauche d'appareil.

Le Cocher arreſta ſur ces en-
trefaites , & l'vne des Demoiſelles
eſtant ſautée auſſi-toſt du Carroſſe
par deſſus la portiere pour l'ouurir
plus viſte , & l'autre ayant enca-
puchonné la teſte de *Phelonte* dans
ſon Eſcharpe (de peur qu'il ne reconnut,& la ruë à quelques enſei-
gnes & la maiſon à quelques marques:) en deſcendit ſoudain auec
luy , & l'entraîna plus viſte que le

E

pas dans vn certain logis dont la
porte fut fermée aussi-tost, & qui
auoit toute la mine d'estre le sien,
parce qu'elle en sçauoit parfaite-
ment les estres ; *Phelonte* sot & sa-
ge tout ensemble, se laissa faire,
comme la prudence veut qu'on
permette ce qu'on ne sçauroit empescher, & ayant recommandé
son ame à Iupiter Hamon se laissa
conduire aueuglette par ces deux
bonnes filles, Dieu me pardonne si
je mens, qui ne le décapuchonne-
rent point, qu'il ne fut au pied
d'vn petit Escalier, où il faisoit
si obscur, qu'il n'y vit pas plus
clair que s'il auoit encore eu les
yeux bandez : Là, celle qui luy
auoit promis monts & merueilles,
luy dit en luy faisant le pied derriere, Mon braue vous soyez le
bien venu dans voftre maison de

l'Isle-Bouchard:& quelques autres
complimens semblables *à proposi-
to*, *Phelonte* faisoit faire à son cha-
peau & à ses genoux l'office de sa
langue, & ne luy répondoit que
par quantité de reuerences & de
baises-mains, & se fut durant
toutes ces ciuilitez reciproques,
quoy qu'inégales : que remüant
toûjours les levres & leuant les
pieds, ils arriuerent tous trois au
haut du petit Escalier, où aboutis-
soit vne allée aussi longue & étroi-
te, que sombre & tenebreuse, &
qu'il falloit trauerser pour aller
dans l'appartement qu'elles luy
auoient destiné, comme elles n'a-
uoient point de lumiere exprés,
& que c'estoit vn chemin à se cas-
ser la teste, la belle Inconnuë qui
faisoit les honneurs de la maison,
comme elle auoit fait ceux de la

E ij

ruë, luy dit paſſant la premiere;
c'eſt mon Capitaine pour vous
montrer le chemin, & non pas
mon indiſcretion que j'en vſe ſi fa-
milierement que je fais; quelque
choſe que vous faiſiez, reprit *Phe-*
lonte à qui la voix commençoit à
reuenir auec le jugement, vous me
faites toûjours grace, & je vous
fais toûjours les meſmes proteſta-
tions d'eſtre voſtre valet juſqu'à la
mort : Ne parlons point de cette
vieille Gaupe, luy repliqua la maſ-
que, ou la Demoiſelle maſquée,
je ne vous ay point fait venir icy
pour la voir ny pour la ſouhaiter,
vous eſtes dans vne maiſon, & non
pas dans vn tombeau, vous errez
dans les tenebres d'une anti-cham-
bre, & non pas dans celles d'un ſe-
pulchre, c'eſt l'abſence du jour qui
les cauſe, & non pas celle de l'ame

la vie eſt la meilleure choſe que
nous ayons en ce monde , & le
meilleur moyen que je ſçache de
la bien entretenir , eſt de ſe l'en-
tre-communiquer les vns aux autres. La mort eſt vne priuation
qui n'eſt rien , & quoy que je
faſſe difference entre la dignité &
l'eſpece; j'eſtime ſans comparai-
ſon plus vn Chien viuant qu'vn
Satrape mort , la plus belle eſt
celle qui vient la plus tard ; &
comme il y a des brutaux & des
deſeſperez qui l'ayment & qui
la cherchent , il eſt des vertüeux
& des Sages qui la fuyent & qui
la haïſſent.

Ie vous laiſſe à penſer ſi la ma-
licieuſe Donzelle qui conſoloit le
bon *Phelonte* de la ſorte , auoit
leu les Romans , ſi n'en voila pas
vn feüillet du plus fin qu'ayt ja-

mais imprimé *Courbé*, & si elle
sçauoit donner de l'eau beniste de
Cour sans goupillon ? Elle marchoit toûjours en parlant, & l'autre Inconnuë & *Pheloute* aussi en
l'écoutant, qui estoit merueilleu-
sement rauy de l'entendre ainsi
raisonner, mais qui fut estrange-
ment surpris, quand estant arri-
uées à la porte d'vne grande sale
éclairée d'vn grand Chandelier
de cristal garny de bougies; elles
le prierent d'y entrer, & d'y prendre vn peu de patience ; à quoy
ayant obeï par maxime d'Estat, elles fermerent la porte à la clef sur
luy, & le laisserent seul (aussi
estonné que s'il fut tombé des
nuës) songer à sa conscience &
philosopher sur la catastrophe de
cette Comedie, tandis qu'elles
furent donner ordre à leurs affai-

rés. Comme je n'eſtois pas auec
luy pour auoir remarqué de quel
œil il vid cette ſurpriſe, je ne
ſçay de quel eſprit il la ſupporta,
& je ne vous en diray ny bien ny
mal : L'Hiſtoire raconte pourtant
le tout à ſon aduantage, & dit,
que faiſant de neceſſité vertu, il
ſe promena peripateticiennement
& auec la meſme froideur & la
meſme tranquillité ny plus ny
moins que s'il euſt eſté chez luy,
ou qu'il euſt ſçeu où il euſt eſté ;
& qu'il ne luy ennuya pas tant qu'à
quelqu'autre eſprit fort qui auroit
eſté à ſa place, parce que quoy
qu'il fut ſeul, il eſtoit toûjours en
bonne compagnie lors qu'il eſtoit
auec luy meſme.

Les Tableaux qui ornoient la
ſale en bon nombre luy fourni-
rent pourtant quelque matiere

d'entretien spirituel, comme il
l'estoit fort il aymoit tout ce
qui l'estoit comme luy ; mais
quoy qu'il cherit beaucoup la
Peinture muette , il idolâtroit
dauantage la parlante , parce qu'il
y excelloit naturellement bien; &
qu'il faisoit les Vers auec tant de
facilité , qu'il ne luy faloit pas
plus de temps pour en faire quatre cent bons , qu'à vn autre pour
en forger quatre méchans : C'est
pourquoy , ayant promené ses
yeux sur tous les Tableaux de sa
prison , & s'estant particnliere-
ment arresté à en considerer vn,
qui luy sembla le plus bizare & le
plus conforme à son humeur :
(C'estoit vn Amour en colere qui
faisoit par force humilier deuant
luy vne belle aueugle) il ne laissa
pas échapper cét Epigramme
qui

qui estoit au dessous,

Quoy que l'Amour sur cette belle,
Prenne quelqu'Empire auiourd'huy,
Elle est aueugle comme luy,
Mais il n'est pas charmant côme elle.

Il trouua ce quadrain aussi bon que le sujet en estoit beau , & comme il alloit nonchalamment de costez & d'autres, voyant vn cabinet entr-ouuert dans vn des coins de la sale, il y entra plus par boutade que par curiosité ; il n'y auoit dedans qu'vn petit lit de camp sans rideaux, vn fauteüil, vne table , & vne petite cassette dessus, il se mit dans le fauteüil & s'approcha de la table pour y rêver plus commodément acoudé , & comme il regardoit de tous costez pour diuertir ses esprits

par ſes yeux ; il les arreſta ſans y
ſonger ſur la caſſette , plus fixe-
ment que ſur autre choſe , ſoit
qu'elle fut plus prés de luy que
le reſte, ou qu'il preſſentit qu'il y
auoit dedans ce qu'il y trouua, &
ſes mains ne pouuant demeurer
inutiles en ſi belle occaſion de
luy rendre vn ſi bon office, s'y
eſtant portées preſque auſſi-toſt
que ſes yeux ; il vid qu'elle n'e-
ſtoit pas fermée, & l'ayant ouuerte pour pouſſer ſa fantaiſie à bout,
il y trouua pluſieurs papiers qui
ne ſeruirent pas peu à le diuertir
dans ſa ſolitude; & dont le premier auoit pour tiltre *A la belle
Philis, Fleur*. Il ſe réueilla comme
en ſurſaut à cette veuë, & l'ayant
conſideré auec moins d'indiffe-
rence qu'auparauant, il y leut là
en original ce que vous allez lire
icy en copie.

A LA BELLE PHILIS,

FLEVR.

Quand d'vn saint desir transporté
Ie fus hier à la Charité,
D'vn estrange accident mon ardeur fut suiuie:
Car par vn mal heureux & fauorable sort,
Le jour que le grand Pan reprit sa belle vie,
Pensa bien contre mon enuie
Deuenir celuy de ma mort.

Sur mon ame peu s'en falut
Que la perte de mon salut,
Ne fit vn jour de deüil de ce jour d'alegresse:
Mais si cette disgrace alors auoit eu lieu,
I'aurois pû me vanter & publier sans cesse,
D'estre mort pour vne Deesse,
Dans la garderobe d'vn Dieu.

Lors que la force me faillit,
Ie voulus demander vn lit
Aux Peres dont l'habit est different du nostre:
Mais quand leur charité m'eut comblé de bienfaits,
I'aurois beau me coucher dedans le lit d'vn autre,
A moins que d'estre dans le vostre,
Ie n'en releueray iamais.

Voyez en quel estat m'ont mis,
Vos beaux yeux ces chers ennemis,
Reparez leurs rigueurs par vos soins charitables,
Prenez autant d'amour comme on en a pour eux,
Poussez en ma faueur quelques vœux fauorables,
　　Et parmy tant de miserables,
　　Ie seray le seul bien-heureux.

Ie regle mon ambition
Aussi bien que ma passion,
Et sans vous appauurir pour cesser de pretendre :
Adorable Philis vous pouuez beaucoup mieux,
Nous donner d'vn seul mot plus qu'on ne vous
　　　　peut prendre,
　　Et vostre bouche me peut rendre,
　　Ce que m'ont dérobé vos yeux.

Si mon cœur garde le secret,
I'apprehende qu'en indiscret,
Vous disant qu'il vous ayme il ne vous importune,
Philis c'est toutefois la pure verité,
Et si vous n'en auez encor de preuue aucune,
　　C'est manque de bonne fortune
　　Et non de bonne volonté.

De grace songez à cela,
Et lors que vous me verrez là :
Iugez de mon ardeur par mon profond silence,
L'amour ainsi qu'aueugle est muet quelquefois,
Et quoy qu'vn beau discours ait beaucoup de puissance
　　Les regards ont plus d'eloquence
　　Que l'eloquence de la voix.

PILETTE.

Il vit bien qu'il y auoit de l'a-
mour fur le jeu, & que fon Inconnuë ou fon Hofteffe en auoient
donné dans l'aîle au Poëte, le
gouft qu'il trouua à ces vers fit
qu'il vifita les autres papiers auec
plus d'empreffement, car outre
qu'il les aymoit furieufement fort,
& les faifoit horriblement bien,
(pour parler à la mode) il con-
noiffoit particulierement l'Auteur
de ceux-cy dont il eftimoit les
ouurages comme des pieces plus
naturelles & capricieufes que po-
lies & eftudiées, celle-cy luy
tomba à propos entre les mains
comme f'il l'euft long-temps
cherchée, fon titre bizare plût
à fon humeur qui l'eftoit vn peu,
& il ne pût faire moins que de
voir ce que ce pouuoit eftre,
c'eftoit

G

IMPROMPTVS FAIT A LOISIR,

A M. M. B.

Stances Acrostiches.

Me pouuez vous voir dans ma peine,
Aymable fille en vous aymant?
Genereuse Philis auez-vous fait ser-
	ment,
D'estre incessament inhumaine,
Est-il possible qu'en vainqueur
L'amour n'ayt pas pouuoir de vous
	mettre en seruage,
Et s'il est tous les jours dessus vostre
	visage
Ne peut-il estre en vostre cœur.

Estant juste comme vous estes,
Blâmez-vous mes feux innocens,
Offense t-on les Dieux leurs offrant
	de l'encens,

Condamnez-vous ce que vous faites
Tout le monde dira que non,
On le croit, & pourtant dans mon
  ardeur extréme,
Ie ne vous pourrois pas dire que je
  vous ayme
Sans les lettres de voſtre Nom.
                    PILETTE.

Il liſoit ces vers auec tout le
plaiſir d'vn homme qui en prenoit beaucoup à en faire & auec
toute l'admiration d'vn eſprit qui
ne ſ'y connoiſſoit pas moins, cette derniere piece luy parut d'autant plus belle qu'elle eſtoit difficile à faire, & faite neant-moins
auec aſſez de facilité : mais il ne
ſçauoit ſi c'eſtoit Pilette, qui
eſtoit amoureux de l'vne de ces
deux Inconnuës, où ſi ces deux
Inconnuës eſtoient amoureuſes
                    G ij

de Pilette ou de ses pieces, es-
perant en auoir plus d'éclair-
cissement dans d'autres papiers
qu'il trouua dans la Cassette, il
remit ceux là au nombre de ceux
qu'il auoit desia leus, & mit ceux-
cy au rang de ceux qu'il vouloit
lire, *Fleuron & Fleurette à la
belle Philis*, c'estoit deux pieces
differentes & détachees, quoy que
toutes dediées à vne personne en
guise de bouquet, voicy ce que
c'estoit que le *Fleuron*.

A LA BELLE PHILIS.

FLEVRON,

*Puis que vous voulez que ma plume
Confidente de mes mal-heurs;
Auec de plus viues couleurs
Vous peigne encore vn coup le feu*

    dont me confume
Celuy de vos beaux yeux vainqueurs:
Quoy que l'amour rende ma Mufe
Honteufe, timide & confufe,
De voir fa liberté captiue dans fes
    fers,
I'obeys à vos loix en faueur de ma
    flâme.
Comme Amant vous aurez mon ame,
Et comme Poëte mes vers.

    Pour vous faire donc vn modelle
D'vne chofe qui n'en a point,
Et vous tracer de point en point
Vn amour qu'auec l'or d'vne chaine
    fi belle,
Le Ciel & le hazard ont joint
Sans vous dire qu'il eft extréme,
Philis confultez-vous vous mefme,
Dedans voftre miroir examinez vous
    bien,
Il fera bien pour moy ce qu'il fait

pour vn autre,
Et par la puißance du voſtre
Iugez de la grandeur du mien.

Voyez auec quel aduantage
Voſtre pere vous a formé,
Et ſi l'on peut eſtre charmé
Par les traits naturels d'vn plus char-
mant viſage,
Où l'on voit l'albâtre animé,
Vous ſeule dedans voſtre Chambre
Regardez vous en chaque membre
Conſiderez Philis ſi c'eſt chair ou
poißon,
Et dittes-moy ſans fard voyant toute
l'affaire,
Que ne voudriez-vous point faire
Si Dieu vous auoit fait garçon.

Touchant la plus belle partie
Et la plus petite du corps,
Pour qui dans mes ardens tranſports

I'ay tant de paſſion & tant de ſim-
    patie,
Que n'oſeriez-vous point alors,
Diriez-vous pas c'eſt vn ſtupide
Il a le gouſt plus qu'incipide,
Et le cœur de moleſſe ou de honte
    abattu,
Si dans l'emportement que ſon aſpe ƈt
    anime,
Ie ne faiſois pas ce doux crime
Dont ie fais toute ma vertu.

Vous ſçauez tout faire à merueille
Mais ſur tout l'amoureux métier,
Et quoy que je ſois vieux routier,
Mon cœur ne s'eſt point fait long temps
    tirer l'oreille,
Il demanda d'abord quartier,
Vous ſçauez quand je vous eus veuë,
Que de ma liberté perduë
Ie ne fis pas chez vous le fier ny le
    méchant,

Que dis-je vous pouuiez vaincre auec
    plus de gloire
Et ſi vous m'auiez voulu croire
Ie vous l'aurois fait ſur le champ.

Voila le recit veritable
De ce que je vous ay promis
Agreez qu'il me ſoit permis
D'eſperer de l'amour d'vne perſonne
    aymable,
Et d'eſtre au nombre des amis,
Songez obligeante Maîtreſſe
A me tenir voſtrè promeſſe
Puis que ie vous tiens celle ou j'eſtois
    engagé
Conſiderez la loy que mon mal-heur
    m'impoſe,
Si ie vous donne peu de choſe
Ie vous donne tout ce que i'ay.

Vous pouuez agir ſans contrainte
Confidemment auecque moy,

Ie suis homme de bonne foy,
Et qui tres-volontiers paye chopine &
          pinte,
Philis alors que j'ay dequoy
Ie sçay la maniere de viure
Et la methode qu'il faut suiure
Afin de viuoter dedans ce monde cy
Mais sans trouuer mes soins & mes
          transports estranges
Souffrez qu'ayant fait vos loüanges
Ie fasse les miennes aussi,

   Ie crois que je suis bien vostre homme
Ie suis amoureux comme vn chat,
Et quoy que gueux comme vn gros rat,
Dans Paris, dans Madrid, Londres,
          Vienne & Rome,
I'ay passé mon temps en Prelat
Ie ne fais querelle ny fraude,
Et n'ayez peur que dans la chaude
vos petits interests ne soient bien soû-
          tenus

                    H

Ie sçay rendre Philis alors que l'on
    me donne,
Et ie connois l'art de Bellone,
Autant que celuy de Venus.

    Tandis que vous pouuez encore
Et plaire & donner du plaisir,
Satisfaites-vous à loisir,
Et souffrez qu'en secret vn amant vous
    adore,
Et vous conte son chaud desir,
Aussi bien les Lys & les Roses
Qui sur vostre teint sont écloses
Perdront en peu de iours l'éclat qui
    les maintient,
Les rides & les plis viendront prendre
    leur place,
La ieunesse & la beauté passe,
Et la vieillesse & la mort vient,

    Alors vous voyant rebutée,
Et tous vos amans retirez,

Cent fois vous vous repentirez ;
D'auoir auecque moy tant fait la dé-
    goutée,
Cent fois vous en enragerez :
Mais vos plaintes melancoliques
N'auront responses ny repliques,
vous me ferez plus lors de peur que
    de pitié,
Mes yeux ne vous verront qu'à peine
Et vous porteront plus de haine
que presentement d'amitié.

  Ainsi songez-y de bonne heure,
Sans attendre à l'extremité,
Aymez par generosité,
Puisque le Passe-temps Philis vous en
    demeure,
Le plaisir & l'vtilité,
Laissons-là la ceremonie,
Il me semble qu'on me dénie
Le bien que l'on me fait auec vn com-
    pliment,

En matiere d'Amour dont la force eſt
        ſi grande,
Lors qu'on donne ſans qu'on demande
On donne preſque doublement.

                    PILETTE.

Ce Fleuron luy plût extrême-
ment pour eſtre vne des plus
belles fleurs que le Poëte euſt
cueilly dans le jardin des Muſes,
& le laiſſant en bonne odeur de
ſa renõmée luy donna quatre fois
plus d'enuie qu'il n'en falloit pour
voir *la Fleurette* qui ſembloit l'in-
uiter d'elle meſme à la prendre,
ce que firent ſes mains par le con-
ſentement de ſes yeux, & ce que
ie croy que vous ferez auſſi ſans
vous faire tirer l'oreille.

                    A LA

A LA BELLE PHILIS.

FLEVRETTE.

Agreable objet de mes vœux,
Belle Philis qui de nous deux,
A plus sujet de se poursuiure,
Et de s'écrier au voleur,
Vous, d'auoir perdu vostre Liure
Ou moy, d'auoir perdu mon cœur.

Ne faut point tant faire de bruit,
Ny m'appeller voleur de nuit,
Cét infame & honteux reproche,
vous perd malgré tous vos efforts ;
Si i'ay foüillé dans vostre poche,
vous auez foüillé dans mon corps.

Auec Marquis,* sur le Pont-
  neuf,
Enuiron entre huit & neuf,

*C'est le
nom de
son petit
Chien.

I

Nous allions promener pour rire :
Là , vous fiſtes vôtre beau coup,
Si bien qu'on peut juſtement dire ,
Que ce fut entre Chien & Loup.

    Dedans vn endroit ſi paſſant ,
Contre l'amè d'vn innocent
Faire cét attentat enorme
Auecque vos yeux inhumains :
N'eſt-ce pas eſtre en bonne forme
Larronneſſe de grands chemins.

    Il ne faut point que vous diſiez
Que ce qu'alors vous en faiſiez ,
N'eſtoit point par mauuaiſe enuie ,
Cette raiſon eſt ſans couleur,
Ce n'eſt pas eſpargner la vie ,
Lors qu'on donne tout droit au cœur.

    Si vous l'euſſiez alors voulu ,
Peut-eſtre peu s'en euſt fallu
Que nous n'euſſions vuidé querelle :

Et par vn surprenant retour,
Aymant déja la criminelle,
Le crime n'eust esté qu'amour.

Tout le mal auroit esté bien,
Ie n'aurois plus parlé de rien,
Et dans vne candeur si grande,
Estouffant mon mauuais dessein,
Ie vous aurais fait vne offrande,
Au lieu de vous faire vn larcin.

Mais enfin voyant sans soucy
Vostre cœur au vice endurcy
Me fuir loin de me satisfaire :
Ie crûs que le pire estoit mieux,
Et que mes mains me pouuoient faire
Satisfaction de vos yeux.

Toutefois (dont i'ay grand regret)
Moins vindicatif que discret,
Ie parus encor magnanime ;
Et quoy que tout me fut permis,

Ie vous aduertis de mon crime
Auant que de l'auoir commis.

Ie me coulay donc contre vous,
Mais ignorant l'art des Filoux,
Ie me vis fruſtré de ma proye
Et ne pris, pour trop toupier
Au lieu d'argent & de monnoye
Qu'vn peu de bois & de papier.

Vn méchant Liure ſans fermoir,
Auec vn vieux Chapelet noir
Fut le ſujet de ma vengeance :
Dites Philis deuant les Cieux ?
Connuſtes-vous iamais en France
Vn voleur plus deuotieux ?

Pour deux crimes ſi differens,
Si l'on nous mettoit ſur les rangs
Ce ſeroit vne choſe rare
De voir dancer ſous vn piuot
Vne voleuſe ſi barbare

Auec vn larron si deuot.

Mais mettez vous à la raison,
Puis qu'il est encor de saison,
Car malgré tout vostre artifice
Et vostre eau beniste de cour,
I'obtiendray tout de la Iustice,
Si ie n'obtiens rien de l'Amour.

Ne m'obligez point à m'armer,
Comme vous m'obligez d'aimer,
Et ne forcez point ma clemence
Auec vostre deuotion
De prier Dieu pour ma vengeance
Et pour vostre punition.

Demeurons comme nous voila,
Vous gagnerez plus à cela   (suiure;
Qu'à vous plaindre & qu'à me pour-
Il vous est plus aisé, ma sœur
De prier Dieu sans vostre Liure
Que moy, de viure sans mon cœur.
PILETTE.

Il aimoit tant ces sortes de galanteries qu'il s'entretenoit ainsi auec la Muse fantasque de *Pilette* comme si de rien n'eust esté, & sans songer à ce qu'il alloit deuenir. Il s'estonnoit plus de trouuer ses écrits dans le lieu où il estoit que de s'y voir luy-mesme, il ne pouuoit s'imaginer qui estoit cette *Philis*, ny croire que ce fut quelqu'vne de ses deux Inconnuës, ce n'est pas qu'il n'eust esté bien aise de se l'imaginer, & qu'il n'eust donné quelque chose de bon pour en sçauoir la verité, mais qui Diable luy auroit dit, mais que Diable veux-je dire plustost ? quand il en auroit eu vn alors, l'esprit de mensonge dit-il jamais vn mot de veritable. Comme il estoit dans cette rêverie, il vit encore vn papier sur la Table plié en poulet,

ce fut sur ce mal-heureux qu'il
deschargea sa mauuaise humeur,
& sur qui je vous donne aussi
permission de décharger la vôtre.

SONGE AMOVREVX.

SONNET EN VERS.

Obscurité charmante, ombre vaste
    & pompeuse,
Image du neant, voluptueuse nuit,
Mere de mon amour que l'Amour
    toûjours suit,
Rends-moy l'aimable objet de mon ame
    amoureuse.

*   Tandis que loin de toy l'Aurore*
    paresseuse,
Fait triompher par tout le silence du
    bruit,
Par le songe ton fils en ce commerce

instruit,
Donne moy de Philis la joüissance
heureuse.

Ainsi parloit Daphnis à la Sœur du
Soleil,
Et Morphée estonné de son feu sans
pareil,
Satisfaisoit ses sens d'vn sort des plus
celebres :

Mais helas ! dans le fort de sa fe-
licité,
L'Astre du jour parut auecque la
clarté,
Et son bien disparut auecque les te-
nebres.

Quoy que toutes ces pieces
fussent galantes & dediées à la
mesme personne, elles auoient
esté faites sur de differens sujets,
                 & il

& il en auoit plusieurs de songer
à des choses moins fabuleuses,
c'est ce qui empeschoit qu'il n'y
prit toute la satisfaction qu'il y
auroit trouuê en tout autre lieu
que celuy-là, il rencontroit pourtant matiere de consolation ou il
trouuoit matîere de diuertisse-
ment ; & il se flatoit de l'esperance d'en estre quitte à aussi
bon marché que *Pilette* si ses Inconnuës aimoient les Vers, comme il y auoit grande apparence
puis qu'elles en auoient vn coffre
plein, & s'il ne tenoit qu'à rimer
pour payer sa rançon & son gîte.
Dans cet espoir imaginaire n'entendant point de leurs nouuelles
en acheuant la lecture de ce songe, il songea à donner vn peu de
repos à son corps comme il en
auoit donné à son esprit, & en

K

finiſſant de veiller il commença à
s'endormir tout de ſon mieux.

　Les deux Inconnuës cependant
qui ne l'auoient quité que pour
le mieux reprendre, ayant mis ordre à leurs affaires & enuoyé faire
penſer le petit Laquais, entrerent
dans la ſale auec les meſmes dé-
guiſemens dont elles s'eſtoient
dé-ja ſeruies, elles furent ſurpri-
ſes d'abord n'y voyant plus leur
Hoſte, & ne pouuant s'imaginer
ce qu'il eſtoit deuenu, elles s'i-
maginerent tout ce qu'il auoit pû
deuenir; l'vne croyoit qu'il s'é-
toit jetté par la fenêtre, l'autre
qu'il s'eſtoit ſauué par la chemi-
née, & toutes deux que le Diable l'auoit emporté, mais elles
mentoient toutes deux comme
deux Diableſſes, car il eſtoit dans
le cabinet qui ronfloit comme

trois, & je suis tout estonné comme elles ne l'entendoient pas,
mais l'Amour est quelquefois
sourd aussi bien qu'aueugle. Pourtant comme il n'estoit pas bien
caché & qu'elles le cherchoient
où il falloit qu'il fut, elles le
trouuerent où il estoit : Pour l'a-
uoir plus belle, elles ne firent pas
semblant de rien, & le laissant
toûjours dormir (autant de pris
sur l'ennemy) elles firent seruir
sur Table vne magnifique collation volante, & ayant fait retirer
tout le monde pour estre plus en
liberté, elles le furent prendre
toutes deux, & le traînant ou le
portant dans son Fauteüil, le plan-
terent au beau milieu de la sale
où estoit le couuert ; sans qu'il se
reueillât. Celle des deux Inconnuës qui n'auoit pas parlé (&

qui ne parlera pas encore de quinze pages d'icy, & peut-eſtre de
vingt) (ſi Dieu qui peut tout ne
le veut toutefois en dépit de moy
de puiſſance abſoluë) prit place
le plus prés de luy qu'elle pût, &
celle qui luy en auoit ſi bien donné à garder, & qui paroiſſoit la
Maîtreſſe quoy qu'elle ne fut que
la Seruante, (car tout ce qui re-
luit n'eſt pas or, & il ne faut pas
prendre les femmes à la mine non
plus que les hommes) ſe mit vis
à vis de luy.

Eſtant en ſi bonne poſture, en
ſi bonne compagnie & auprés d'v-
ne ſi bonne Table, il ne manquoit
plus là qu'vn bon frere de bon
appetit & de bonne guette pour
faire vn bon triolet, noſtre dormeur eſtoit bien leur fait, il n'y
auoit que cette maudite ronſlerie
qui

qui gâtoit tout, & qui faisoit craindre à la muette (ainsi appellerons-nous la Maîtresse du logis jusques à ce qu'elle ait recouuert la parole) qui craignoit qu'il ne fut mauuais coucheur, elle faisoit pourtant toûjours signe à l'autre de ne point faire de bruit, & luy baisoit si fort & si souuent ses grosses pates endormies t que je ne sçay comment elle ne le réueilla point cent fois pour vne, elle ne pouuoit se saouler de le regarder & de l'étreindre, & quoy que son plaisir fut imparfait, par ce qu'il n'estoit pas reciproque,& qu'elle ne caressoit que la moitié d'vn homme à demy mort, elle estoit si transportée d'aise qu'elle n'en sçauoit rien, & l'autre estoit assez sotte pour ne l'en pas aduertir, mais elle eût eu beau dire.

L

Tout cela ne faisoit point d'affaire, & il fallut le reueiller in-
humainement en dépit qu'elle
en eut. Elle s'auisa pourtant de
le faire de bonne grace & pour
l'épouuanter plus agreablement,
la Soubrette qui auoit déja si bien
commencé eut ordre de la muette sa Maîtresse de poursuiure &
d'acheuer de mesme, le meilleur
expedient estoit dé chanter, aussi
s'en seruit-elle à point nommé,
elle chantoit assez proprement
pour vne Fille de Chambre , &
entre mille chansons qu'elle pouuoit aussi bien choisir que celle-cy,
elle entonna le mieux qu'elle pût
vn certain air de Lambert , dont
voicy les paroles.

AIR

AIR DE COVR
NOVVEAV.

Reueillez-vous belle endormie,
Reueillez-vous car il est iour :
Reueillez-vous ma douce amie, (bis.
vous entendrez parler d'amour.

Quelle est la beste qui m'appelle,
Helas ! c'est vostre pauure Amant ;
Attendez ie suis à la selle, (bis.
Ie viens de prendre vn lauement.

Elle chantoit & répondoit comme le Prestre Martin, & comme frappé d'vn coup de foudre, *Phelonte* qui auoit l'oreille iuste à la belle harmonie, se réueilla en sursaut au *bis* de la chanson, à force de luy chatoüiller cromatiquement les oreilles, elle luy fit ou-

urir pathetiquement les yeux,
mais ce fut auecque vne fi
grande furprife que rien plus,
la belle chanteufe eut pitié de
luy, & prenant la parole pour
luy donner loifir de reprendre la
fienne. Vrayment Monfieur vous
auez fait vn faut perilleux du lit
à la table, luy dit elle auec vne
raillerie affectée, vous n'auez que
faire de vous plaindre, vous ne
paffez pas mal vôtre jeuneffe,vous
auez bon temps Dieu mercy,mais
je ne fçay s'il durera..... Iufqu'à
la fin répondit *Phelonte* encor tout
étourdy du coup, j'ay cet aduantage que celuy-cy m'eft venu par
hazard & que je ne l'ay pas efté
chercher, peut-eftre que le Diable ne fera pas toûjours à noftre
porte, & qu'eftant fauté du lit à
la table, je pourray bien refauter

de la table au lit, cela vous plaiſt
à dire, repliqua la Donzelle, qui
vouloit goguenarder, vos meſ-
pris vous ſeruent de loüanges ; je
ſuis bien marrie d'eſtre fâchée, &
ſi j'eſtois digne d'eſtre capable, je
ſerois fort à voſtre ſeruice & à voſtre enterrement, c'eſt voſtre honneur ma belle, reprit noſtre pauure
Gentilhomme, que ces beaux diſ-
cours mettoient en belle humeur.

Ie vous baiſe les pieds les mains ſont
trop cõmunes. . . . . . Il en eut dit dauantage, & par le chemin qu'il
prenoit, il alloit faire enfoncer la
Chambriere dans les complimens
juſques par deſſus les ſangles ſi la
bonne Dame qui eſtoit prés de
luy & qui faiſoit la bonne beſte
ne luy euſt preſenté vne boëſte
de marmelade ſi obligeamment
qu'il ne la pût pas ciuilement re-
fuſer, quoy qu'il euſt l'eſprit em-

baraſſé de cent chimeres cornüës,
de mille fantaiſies extrauagantes,
& de deux fois autant pour le
moins d'incommodes impatien-
ces : voyant la table bien garnie,
& qu'il y trouueroit bien mieux
ſon conte en ſe montrant com-
plaiſant qu'en ſe rendant ridicule,
il payoit de bonne mine leur bonne chere., joüoit adroitement de
la prunelle auec ſa voiſine, qui ne
s'eſtoit maſquée que pour en
mieux rire, quoy qu'elle n'euſt
pas pour cela de meilleurs momens que luy, & qu'elle reſſentit
d'auſſi grandes infirmitez amoureuſes qu'elle l'eſtoit beaucoup,
& qu'elle ſe tailloit elle meſme la
beſogne qu'elle vouloit bien faire,
& dont pour de certaines raiſons
il n'eſt pas encore à propos de
vous en dire les veritables, auec

la Soubrette qui jazoit comme vne
Pie borgne (puisque Pie borgne
y a) il en disoit des plus belles,
il galantisoit à tort & à trauers, luy
faisoit cent contes à dormir de-
bout, & finalement il joüoit si
bien son personnage auec l'vne &
auec l'autre qu'il leur faisoit perdre la tramontane à toutes deux,
le fin de tout cela estoit qu'il prenoit cette derniere pour la Maîtresse de la maison, comme il l'a-
uoit faite celle de son cœur, &
que croustillant toûjours le bis-
cuit & le macaron, il bûvoit le
petit doigt gaillard à leurs santez,
comme s'il eût esté à la nopce
sans songer à rien moins qu'à
payer son escot de la façon qu'il
le paya, ce que vous sçaurez s'il
plaist à Dieu, si vous auez encor
vn peu de patience & de curio-

sité comme je n'en doute point.
La muette prenoit vn plaisir ex-
traordinaire à la voir manger,
mais elle en prenoit vn plus grand
à le voir, le deuorant des yeux
comme il deuoroit les confitures
des dents ; dont elle luy condui-
soit les morceaux de la bouche
jusqu'au fonds du ventre, non pas
qu'elle le vit manger à regret, ou
qu'elle lui reprochât ce qu'il mangeoit, mais parce qu'elle l'eut veu
plus à plaisir faire quelqu'autre
chose pour le sien.

Mais auec le temps on fait tout,
Rome n'a pas esté bastie en vn
an, ny Troye prise en vn jour.

Les choses estoient dans cette
disposition, & à nostre sentiment
n'estoient point mal (sauf pourtant meilleur aduis) *Phelonte* auoit
mangé tout son saoul, & ne sçauoit

uoit plus que faire, ny quelle con-
tenance tenir, la muette eſtoit aſſez irreguliere dans la ſienne , &
tantoſt courbée tantoſt droitte ,
paroiſſoit tantoſt ſage, tantoſt folle.
Pour la Soubrette (c'eſt vn ſobri-
quet que je luy ay donné, il y a
déja quelque temps, & que je luy
continuëray le reſte de la piece ſi
vous le trouuez bon) elle ſe tenoit
toûjours fort & ferme ſur la gra-
uité, mangeoit à l'auenant, & ne
ſe taiſoit que quand elle auoit la
bouche ſi pleine qu'elle ne pouuoit plus parler qu'auec les doigts,
le plus ſage des trois eſtoit *Phelonte*, car il ſçauoit du latin, &
voyant que ſon françois ne luy
ſeruoit preſque plus de rien;apres
auoir fait cent refleſtions mora-
les & ſerieuſes auec la pointe de
ſon couteau ſur le bord de ſon

M

affiette, il fe refouuint

D'*Audaces fortuna iuuat* , *&c.*

L'energie de ce Vers r'appella l'audace de fa Profe, & fçachant par experience qu'il n'y a que les honteux & les timides qui perdent chez l'Amour auffi bien que chez la Fortune.

Et qu'ils aydent fouuent tous deux,
Dans leurs caprices ordinaires,
Pluftoft les braues temeraires,
Que les poltrons refpectueux.

(Voyez côme à quelque chofe le malheur eft bon, & comme vn peu d'aïde fait grand bien, car fans ce bien-heureux latin, il n'auroit fait affeurément que de l'eau toute claire) il fe refolut donc de joüer de fon refte, & de pouffer l'affaire à bout à quelque prix que ce fuft.

Quoy que le temps ne luy en-
nuyât point, il y auoit plus d'vne
heure qu'il fongeoit à celle qu'on
luy auoit promife, & il y en auoit
plus de deux en effet qu'elle deuoit être paffée; de forte que voyât
que d'vne façon ou d'autre il en
falloit fortir : il prit la peine d'a-
poftropher ainfi la belle qui l'y
mettoit, Mademoifelle (dit-il
donc à la Soubrette, & faifant
venir cela de fil en éguille) il faut
que cette *Heure du Berger* foit quatre fois plus longue que les autres ou que voftre Montre n'aille
pas bien, ou que mon Horloge
aille mal. Que cela ne vous em-
pefche point de trinquer (luy
repliqua la matoife Soubrette,
prenant fa Montre & la luy montrant,) ma Montre va jufte, vous
n'auez plus qu'vn quart d'heure

de mauuais temps à paſſer ; tâ-
chez à patienter juſques-là comme vous auez fait juſques icy,
& vous verrez enfin que je ne pro-
mets rien que je ne tienne, & que
cette *Heure* qu'on nomme *du Berger* auroit eſté mieux appellée
l'Heure du Prince, puis qu'elle fait
deuenir plus aiſe que des petits
Roys ceux d'entre les Amans & les
amis des Dames qui ſont aſſez heureux de l'entendre ſonner à leurs
cadrans. Ayant déja tant attendu,
vous attendrez bien encore vn
peu, juſques à preſent vous auez
fait voir voſtre diſcretion (dont
nous nous loüons fort) faites nous
paroiſtre deſormais voſtre conſtance ; tenez-vous cependant ſur
vos gardes, & ne vous laiſſez pas
prendre ſans vert ſi vous pouuez ;
vous aurez affaire à vne perſonne
qui

qui ne vous donnera point de quartier, si elle vous rompt vne fois en visiere, & si elle a le moindre aduantage sur vous, ayez toûjours bon pied bon œil, & sur tout bon courage je crois que vous ferez vostre profit de l'aduis. Et pour vous en rafraichir la memoire je vous veux conter vne petite Histoire (auec vostre permission pourtant) qui vient sur ce sujet assez bien à propos, que vous serez bien-aise d'entendre, & que Madame que voila (luy montrant la muette sa voisine) ne sera pas fâchée que vous sçachiez : Vous ne me sçauriez tant faire de bien que je ne l'endure fort volontiers, répondit *Phelonte*, je ne seray pas moins attentif à vous entendre que reconnoissant à vous remercier, il fit alte à ce

N

dernier mot, & le silence estant
reciproque de part & d'autre, nôtre Soubrette leur conta d'vne maniere deux ou trois, voire quatre & cinq fois plus galante que
je ne feray peut-estre l'Histoire
suiuante, mais à mon grand regret, chacun fait en ce monde
comme il l'entend ; & lors qu'on
donne tout ce qu'on a, qu'on dit
tout ce qu'on sçait, & qu'on fait
tout ce qu'on peut, il n'est point
de Loy Diuine & Humaine qui
oblige à dauantage.

HISTOIRE
Allegorique.

IL y auoit vne fois vn jeune Gentilhomme de cinquante ans ou enuiron, qui vous ressembloit par l'humeur comme deux goutes d'eau, (sous correction) & dont quand vous me donneriez cent pistolles or contant (& cela c'est tout dire) je ne vous dirois pas maintenant le Nom, qui ayant vêcu comme vn petit Roy auec sa crüelle Maîtresse plusieurs années dans l'esperance de trouuer cette grande *Heure du Berger* tant souhaitée & tant desirée des Amans,

& n'ayant jamais pû en approcher
de cinquante piques, se piquant
au jeu plus il y perdoit son argent, au lieu de s'aller pendre à
vn chevron de son Grenier, de
se poignarder par la gorge auec
son rasoüer en se faisant la barbe,
de se brûler tout vif auec les fers
de sa moustache, ou de se noyer
dans les fleuues de ses larmes, se
resolut de viure pour se faire
mieux enrager, de se laisser la vie
par penitence, & d'en passer le
peu qui luy en restoit au seruice
de son inhumaine, en dépit de ses
dépits & malgré le mauuais gré
qu'elle luy en sçauoit. Il estoit du
dernier galant pour vn homme de
son âge ; n'auoit rien de bourgeois
ny de crochetoral dans sa mine,
sa taille, ses gestes, ses discours
& ses actions, & entre autres bon-

nes qualitez qu'il auoit, il estoit
fort homme de bien, car il en
auoit beaucoup, & tenoit encor
cela de bon par dessus tant de
bonnes choses, qu'il écoutoit volontiers le conseil de ses amis,
& ne le suiuoit guieres, soit qu'il
ne voulut point embler l'auoir
d'autruy pour paroistre bon Ca-
tholique, ou qu'il vouloit bien
faire voir qu'il abondoit assez
dans son sens pour se montrer
meilleur galant. Pourtant l'amour
& l'interest luy firent vn peu re-
lâcher de son humeur bouruë ; &
comme il est des occasions où
l'on quitte la petite opinion qu'on
a de soy-mesme pour suiure les
regles du grand Liure du monde
qui est l'experience, & se confor-
mer sur l'exemple des autres, pour
en donner vn bon de sa personne,

il eut affez d'empire fur la fienne
en cette rencontre pour ne s'y
pas affujettir en efclaue,& ne dif-
ferant pas tant au fentiment de
fes fens, il donna quelque chofe
à la raifon, & quoy que ce fut vn
peu fur le tard & qu'il femblât
eftre au bout de fa prudence, il
en fit voir là de beaux reftes (&
peut-eftre fans en rien fçauoir
pourtant, car le bon-homme ne
fongeoit point à la malice & y
alloit à la bonne foy) Il voyoit
tout ce qu'il y auoit d'honneftes
gens dans le Royaume de la Galanterie, & par vne confidence
ordinaire aux amis, & vne importunité commune aux Amans,
il leur racontoit toutes fes difgra-
ces amoureufes de la meilleure
grace qu'il pouuoit.

Comme c'eft marchandife mélée

que les amis de ce païs-là aussi bien
que ceux de celuy-cy, les vns se
moquoient sotement de luy en son
absence, les autres adroitement
en sa presence, de plus effrontez
s'en rioient mesme à son nez, les
plus charitables le plaignoient pu-
rement simplement, & les plus
sinceres le consoloient & conseil-
loient fraternellement, il n'auoit
pas moins de jugement que d'a-
mour; c'est pourquoy il distin-
guoit bien ceux qui luy parloient
par la bouche d'entre ceux qui
lui parloient par le cœur, il se
moqua des vns dont bien lui prit,
& creut les autres dont il ne luy
prit point mal, les consolations &
les amitiez qu'il en receuoit tou-
tes-fois & quantes qu'il leur com-
muniquoit ses petites affaires,
acheuerent de luy pacifier l'esprit

que le defefpoir qu'il meditoit
luy auoit tout bouleuerfé, & chan-
geant cette haine de luy-mefme
en confideration de fes amis, il
deuint le fien plus qu'il ne l'auoit
efté de fa vie, & ne fongea plus
qu'à chercher tous les moyens
imaginables de la mieux acheuer
chez l'Amour qu'il ne l'auoit com-
mencée, le mal n'eftant plus de-
fefperé non plus que le malade,
il fut aifé d'y apporter le remede,
fa Dame le traitoit veritablement
de Turc à More, il n'en appro-
choit jamais de trop prés que fa
barbe & fes cheueux n'en pâtif-
fent & qu'il ne remportat fur fes
mains, fur fon vifage, fur fon co-
let & fur fes manchettes : fes dents
& fes ongles en effigie, mais
neantmoins elle en eftoit infatuée
                              (qu'il

(qu'il me soit permis de grace
d'vser de ce terme) & ce qu'elle
en faisoit n'estoit que pure malice
noire, & plus par grimace & pour
consacrer quelque chose à l'apparence qu'à la verité ? Celles qui
sont de cette humeur sont les plus
farouches & les plus fâcheuses,
mais ce ne sont pas les plus inuin-
cibles (je vous en parle côme sça-
uante) elles font voir plus de fierté
que d'indignation, & elles ne se
seruent souuent de cette seuerité
estudiée que pour éprouuer la
constance de ceux qui les appro-
chent ? Ce sont des places defen-
dües par des Gouuerneurs fideles
& qui sont obligez de faire quelques efforts pour en empescher
l'entrée? (la Nature nous enseignât
toûjours à nous opposer à tout
ce qui nous violente) pour con-

O

feruer leur reputation plûtoft que
pour en acquerir, & qui dans vne
opiniâtre refiftance trauailler plus
à la gloire de l'ennemy qui les
abbattent enfin par fa perfeueran-
ce, qu'à la leur. S'ils luy font
porter des marques de leur vertu, ils reffentent apres les coups
de leur vengeance; plus on a eu
de peine à triompher, plus on
triomphe auec éclat; les conque-
ftes les plus aisées ne font pas les
plus belles; l'ennemy qu'on defar-
me fans defenfe rend la Victoire
plus honteufe au Vainqueur qu'au
Vaincu. Cette obftination gene-
reufe ne rebute que les lâches; les
braues veulent acheter l'honneur
& non pas le dérober; les grands
cœurs aiment les grands coura-
ges, & la joüiffance d'vne chofe
qui nous a long-temps eftê dif-

putée nous est bien plus agreable
que celle qui nous est offerte au
premier effort, & qu'on a presque
plûtost obtenuë que demandée.
S'il faut vn Siecle pour comba-
tre, il ne faut qu'vn moment pour
vaincre, & l'on est trop bien re-
compensé par la Victoire, pour se
plaindre du temps qu'on employe
à l'obtenir. Ce fut par ces raisons
ou par d'autres semblables qu'il
se r'embarqua de nouueau dans
l'amour de sa belle farouche, auec
de nouuelles esperances & de nou-
ueaux appareils ?

Elle n'alloit jamais à la Messe
qu'il ne luy presenta de l'eau be-
nite & vne chaise ; jamais au cours
qu'il ne luy presta son Carrosse ;
jamais à la Comedie qu'il ne luy
retint vne loge ; jamais à la pro-
menade qu'il ne luy donna la

main & la collation ; elle ne fe ré-
ueilloit jamais fans aubades ; elle
fe couchoit rarement fans ferena-
des ; il tenoit vn Poëte François
& vne Bouquetiere Efpagnolle à
gages, l'vn pour luy compofer des
rimes Françoifes à fa loüange, &
pour fes beaux yeux, & l'autre, pour luy faire tous les jours
des bouquets de Iafmin d'Efpa-
gne pour fon beau nez. Il auoit
des Laquais de toutes fortes de
liurées pour luy porter des poulets, des Amis de toutes façons
pour luy aller faire la reuerence
de fa part, & des Cheuaux de
tous poils pour aller caracoller
deuant fon Balcon, il changoit
auffi fouuent d'habits que de che-
mifes ; autant de fois de garnitu-
res que de caprices ; il fe rendoit
affidu aux vifites, ponctuel aux
                              rendez-

rendez-vous ; exact aux promesses,
& complaisant dans les conuersa-
tions ; il estoit toûjours le mieux
mis de la Cour, le mieux chaussé
du Bal, le plus galant de la Ruelle,
& le plus magnifique du quartier :
Enfin il faisoit dans toutes les for-
mes toutes les fonctions d'vn veritable amoureux trancy, auec vne
si grande liberalité & franchise
dans toutes ses actions, qu'il auroit humanisé vne Ourse & vne
Lionne.

Sa Dame voyant vn si grand
changement en luy, luy en fit
voir aussi vn assez considerable
en elle ; sa generosité la charma
toutefois plus que sa galanterie,
& luy fit donner à la prudence
de son âge ce qu'on n'accorde ordinairement à la vigueur de la
Ieunesse.

P

Ses complaisances en furent les premieres preuues, elle luy en donna ensuite de plus grandes par son estime, & enfin par des confidences tres particulieres & quelques priuautez legitimées par la discretion, elle l'acheua de peindre & luy donna toutes les asseurances d'vne inclination veritable & d'vne amitié reciproque, les entretiens familiers entre-coupez de soûpirs & d'helas, dans des chambres reculées & dans des jardins couuerts ; les entrées dans sa maison, par des portes de derriere & par des fenestres basses (où il vous laisse à penser si les échelles de cordes joüoient leur jeu) les billets doux, poulets gallans & Lettres passionnées, estoient les passe-temps ordinaires qui leurs faisoient couler doucement les jours & les nuits.

Mais comme l'amour est insa-
tiable aussi bien que l'ambition,
& que plus on a, plus on veut
auoir, il enrageoit de trouuer tant
de facilité dans son passage, & de
ne pouuoir passer outre ; s'il dé-
roboit quelques baisers en ca-
chette, ses levres seules en estoient
satisfaites, mais toutes ses passions
ne l'estoient pas ; ses yeux gron-
doient du bon-heur de sa bouche;
ses mains vouloient aussi estre de
la partie, & s'émancipoient quelquefois sous le linge, mais elles
le faisoient toûjours demeurer sur
son appetit, & ne faisoient que
jetter de l'huile sur son feu; pour
l'irriter, loin de luy donner seule-
ment de la matiere pour l'entretenir. Sa Dame ne manquoit pas
de bonne volonté, non plus que

luy, mais à moins d'aller dans
l'amour permis., elle ne pouuoit
pas honneſtement permettre dauantage au ſien ; à ſon grand regret toutefois.

Les affaires alloient ce train-là,
il n'eſtoit queſtion comme vous
voyez que de rencontrer l'occaſion fauorable, & d'être en faueur
chez la bonne fortune. Il ne luy
manquoit plus rien dis-je, qu'à
trouuer cette fatalle *Heure du Ber-*
ger, & il ne tenoit pas à luy ? Il
ſçauoit que ſon bon-heur dépen-
doit entierement du Deſtin, mais
il n'ignoroit pas que ſa diligéce &
ſõ exactitude en deuoiēt être les eſ-
pions; auſſi il faiſoit du jour la nuit
& de la nuit le jour ; il ne dormoit
non plus qu'vn lutin ; Il eſtoit toûjours à pied ou à cheual, à la ville
ou à la campagne, en Caroſſe ou

en Charette, en bac ou en Batteau.
Il ne laiſſoit jamais échaper vn petit moment de l'entretenir ſeule, il
auoit toûjours l'œil au guet & l'o-
reille en ſentinelle ; elle ne faiſoit
pas vn pas qu'il ne la ſuiuit entre
les plus Officieux , elle n'alloit
point au Sermon qu'il n'y fut entre
les plus Deuots ; en viſite qu'il ne
s'y rencontrât entre les plus Ciuils ;
en compagnie qu'il ne s'y fourrât
parmy les plus Gallans : Alloit-elle
à la Campagne , il trouuoit mille
pretextes pour ne point demeurer
à la Ville ; faiſoit-elle quelque Pe-
lerinage , il auoit toûjours quelques vœux à faire ; Enfin il ne
s'épargnoit point , il ſe donnoit
bien de l'exercice , & prenoit
aſſez de peine à ſe donner du
plaiſir ; il y auoit deux ans en-
tiers qu'il faiſoit ce beau petit

meſtier, auec vne aſſiduité & vne
feruitude, qui auroit laiſſé vn Gale-
rien ſans ſe refroidir ny ſe rebutter
& ſans ſe voir plus auancé, les
derniers jours de ſa pourſuite que
les premiers de ſon engagement.
Lorsqu'il ſçeut que la curioſité, qui
chatoüille plus l'eſprit des Dames
que des Monſieurs, s'eſtoit empa-
rée de celuy de la ſienne, & l'auoit
fait entreprendre vn petit voyage
incognito à la ville *de Somatte*, comme il ne laiſſoit pas échapper la
moindre occaſion de la ſeruir, &
qn'il ne la perdoit de veuë en
quelque lieu qu'elle pût aller, que
quand la neceſſité naturelle du repos luy fermoit les yeux; Il ne
s'endormit pas ſur celle-cy. Il partit dés le ſoir meſme, & fut aux
champs auſſi-toſt qu'elle auec vn
des Meſſagers de ſa Majeſté Amou-

reusé ; Il auoit déja semelé plusieurs fois tout le païs d'Amour;
il en auoit veu les Villes princi-
pales. Il auoit esté à Estime, Af-
fection, Inclination, Tendre, Amitié, Amour, & aux autres Citez
les plus considerables de tous ses
Estats, mais il n'auoit pas encore
esté à celle de Somatte ; c'est
pourquoy il en entreprit le voyage d'autant plus volontiers, que
ne l'ayant jamais fait, il le faisoit
sur de bonnes pistes, & qu'il en
pressentoit quelque chose de bon.

La Ville de Somatte Capitale
du Royaume du Monde Amou-
reux, & tant renommée non seu-
lement pour son Fondateur qui
fut vn Dieu, mais pour sa fonda-
tion qui fut de rien, est haute,
& basse, & plus longue que large;
les Calcographes nous la figurent

comme vn corps humain estendu
par terre ; & en effet c'est sa vé-
ritable forme : Elle renferme dans
ses murailles deux petites monta-
gnes les plus fecondes & les plus
agreables de toutes celles de la
Terre ; c'est pourquoy les anciens
& les modernes y ont fait bâtir vn
beau Temple à la Volupté. Elles
s'entretiennent presque toutes
deux , & il n'y a qu'vne petite
coline qui les separe l'vne de l'autre , & qui s'estendant apres dans
vne grande plaine vers la partie
Septentrionalle, découure le grand
chemin du Temple de l'Occasion,
& celuy de Cupidon jouïssant : à
l'exemple de celuy de Iupiter Ca-
pitolin à Rome. Le Palais de cette
Ville en est encore vn des plus
beaux ornemens , à ce qu'on dit,
(car on n'en sçauroit sçauoir de
nouuelles

nouuelles que par oüy dire ; parce
qu'il n'y entre jamais que des choses mortes mais neceſſaires & a-
greables pourtant. Elle eſt plus
nette par dedans que par dehors ;
car comme elle eſt au milieu de
deux bois, il y vient quantité de
beſtes fauuages, quand les Habi-
tans ſont negligens & pareſſeux.
Les maiſons y ſont toutes ſous
terre, & il ne paroiſt rien au dehors qu'vne couuerture tout d'vne
piece : ce qui peut paſſer ſans hi-
perbole pour la huictiéme Merueille du Monde.

Voilà ce qui ſe peut dire de la
Ville. Pour ce qui eſt de ſes For-
tifications, elles ſont irregulieres.
Elle a quatre grands Forts Panta-
gones reueſtus d'albaſtre qui la
couurent des quatre coſtez les plus
foibles, à ſçauoir, deux vers la

Q

Ville haute & deux vers la basse;
Et comme la Nature est ingenieu-
se dans ses desseins & prudente
dans ses ouurages, ayant bien ju-
gé qu'il y auoit trop de distance
entre ces quatre Forts, & que les
courtines en estant trop éloignées,
n'en pouuoient pas estre suffisam-
ment defenduës : Elle a éleué vne
Demy-lune bien fraizée & palis-
sadée, auec vn petit ouurage à
corne vers la partie de la Ville qui
regarde le Leuant. Du costé du
Ponant vn gros Parapet; & vers
l'Orient vne Tenaille auec vn Ba-
stion à orillons. Il y a encore vn
Magazin où sont tous les Canons,
Coulevrines, Petards, Bombes,
Boulets, Poudres, Salpestres, &
autres semblables denrées Militai-
res; mais on n'y entre non plus
que dans le Palais, ou s'il y entre

quelqu'vn, il en sort en si mauuaise odeur, que personne n'en veut
approcher pour en apprendre des
nouuelles.

La Ville ainsi close & fermée de
toutes parts, n'a que trois Portes.
La premiere est toûjours ouuerte,
mais il n'y passe que les Bestes,
les Poissons, le Gibier, la Volaille,
les Bleds, les Vins, les Legumes, &
autres viures & vituailles necessai-
res à la nourriture de la Ville ; &
elle est au lieu le plus éminent &
le plus passager pour la commo-
dité du commerce. La seconde
est au milieu, & c'est le chemin
ordinaire & le plus frequenté des
honnestes gens, quoy qu'elle ne
soit pas toûjours ouuerte à tout le
monde quand on veut (mais il y
faut passer necessairement pour aller au Temple de la Iouïssance.

La troisiéme est à la derniere extremité, & dans l'endroit le plus
salle & le plus infecté de la Ville.
Elle est presque toûjours fermée.
Il est defendu à toutes sortes de
personnes de quelque qualité &
condition qu'elles soient (hormis
aux Apoticaires) d'y passer sous
quelque pretexte que ce soit, sous
peine du fagot. Et quand quelques brutaux inconsiderez sont
assez osez d'enfraindre les loix de
la Nature, on leur apprend bien
à viure quand on les prend sur
le fait.

   Sa Dame estant partie la premiere de la Ville du Dernier-Con-
fident, arriua la premiere à celle
de Somatte, où elle croyoit entrer comme dans vn village sans
dire bon jour ny Dieu te gard.
Mais elle fut bien surprise lors-
                          qu'estant

qu'eſtant arriuée à la Barrîere du
Faux-bourg, elle trouua l'Amour
qui ſeruoit de Suiſſe, la Hallebarde
ou ſi vous voulez l'Arc bandé à la
main, qui luy dit demeurez-là;
elle le reconnut non ſeulement à
ſon habit mais encore à ſa voix;
de ſorte qu'eſtant demeurée, &
l'Amour s'en eſtant approché de
plus prés, luy demanda ſon Nom,
ſa profeſſion, ſon païs, où elle alloit, & d'où elle venoit? elle répondit à toutes ces demandes le
plus veritablement qu'il luy fut
poſſible, faiſant inſtance d'entrer
plus par curioſité que par neceſſité : mais l'Amour la repouſſant
toûjours; ma mie (luy dit-il)
c'eſt folie à vous de pretendre entrer icy, ſi vous n'auéz compagnie;
les filles n'y peuuent point venir
ſeules, & pour vne prude com-

R

me vous estes , je m'estonne comment vous ne sçauez pas mieux
les Loix de ce païs cy ; prenez la
peine de vous asseoir là en atten-
dant que quelque gallant vous
vienne releuer de sentinelle ; le
premier qui paroistra sera celui qui
vous ostera de peine , & qui vous
donnera la satisfaction que vous
souhaitez depuis si long-temps, &
qu'il attend peut-estre aussi deuant
vous : Comme il disoit cela , son
Amant paroist & arriue, elle fut
rauie de le voir , & luy rauy de la
rencontrer : Mais sa joye ne le dé-
tourna point de son deuoir; Apres
l'auoir baisée , il alla faire la reuerence à l'Amour qui le receut à
bras ouuerts, car c'estoit vn de ses
vieux Raistres;& apres auoir exa-
miné ses Lettres de souffrances,
de peines , de martires , de lan-

gueurs, de defefpoirs, &c. Les
ayant trouuées en bonne forme,
& fous-fignées felon la coûtume.
Il leur ouurit la Barriere du Faux-
bourg, où ils entrerent auec luy
les plus contents du monde. Ils
le pafferent fans rencontrer perfonne ; & au bout de la grande
ruë, & juftement deuant la grande Porte du milieu de la Ville,
ils apperceurent vn petit Temple
(c'eftoit celuy de l'Occafion)
par dedans lequel il falloit trouuer paffage pour aller plus outre
L'Occafion en gardoit la Porte:
mais s'eftant approchez tout doucement prés d'elle, fans qu'elle
s'en apperceut ; L'Amour qui eft
toûjours fubtil & ingenieux à fur-
prendre fon monde, la prenant
tout d'vn coup par les cheueux,
lors qu'elle s'amufoit à regarder

R ij

je ne sçay quoy d'vn autre cofté: les fit entrer tous deux dans le Temple, & ne la quitta point qu'ils n'en fuffent fortis.

Il eftoit de figure triangulaire, & les trois Tableaux qui en couuroient les trois faces en guife de Tapifferies, eftoient ce qu'il y auoit dedans de plus remarquable : Le premier reprefentoit vne Maifon où les Voleurs entroient par les Portes & par les Feneftres auec ce mot au deffous,

L'Occafion fait le laron.

Dans le fecond, on voyoit vne Ville prife d'affaut par les ennemis, auec ce dicton,

—————————En cette Occafion
Elle fait le Soldat ainfi que le laron.

Le troisiéme figuroit vn jeune Garçon, qui ayant surpris sa Maîtresse dans sa Chambre, la baisoit mignardement, tandis que sa mere se coëffoit, auec ces deux Vers,

Selon que chacun d'eux la trouue justement,
Elle fait le Laron, le Soldat, &
l'Amant.

Ces trois Peintures differentes leur firent faire trois jolies reflections : Mais ce qui empescha qu'ils ne pûrent gallantiser dauantage sur ce sujet, fut vn grand Horloge à trois faces qui estoit au milieu du Temple, monté sur vne colomne de trois pieces, dont chacune regardoit vn de ses Angles; à l'vn desquels il y auoit vne petite Porte oualle qui s'ouuroit

d'elle-mefme quand cet Horlo=
ge fonnoit : C'eftoit vn Ouurage
d'admirable artifice ; deux con-
tre-poids en faifoient tourner
toutes les roües. Toutes les heu-
res n'y eftoient pas figurées égal-
lement diftantes les vnes des autres comme aux noftres, mais toutes inégalles : Et ce qui fait le nœu
de l'Hiftoire; c'eft qu'elles étoient
marquées par vn *Cupidon doré*, vé-
tu en *Berger*, qui eftoit à l'vn des
bouts de l'aiguille, & juftement
à la place où nos Orlogers met-
tent des Fleurs de Lys ; pour les
fignaler, ce qui fait qu'on appelle
l'Heure du Berger celle qu'il montre, quand il eft juftement deffus.

Par bon-heur pour elle & pour
luy, elle fonna lors qu'ils eftoient
là, tellement extafiez qu'ils ne fça-
uoient plus ce qu'ils faifoient ;

& à mesme temps cette Porte
oualle qui fermoit le cabinet de
la Ioüiſſance s'ouurit, & l'Amour
qui tenoit l'Occaſion par les cheueux, les pouſſa tous deux dedans ; il n'y eut pas moyen de s'en
dédire, ils y entrerẽt donc auſſi-toſt
gallamment auec le Plaiſir & la
Volupté. La Proſe en demeure
là, mais les Vers diſent.

Que deſſus l'Autel clos & coy,
Et nôtre Amante & nôtre Amant,
Se virent je ne ſçay comment
Et ſe firent je ne ſçay quoy.

La Soubrette finit là ſon Hiſtoire, & ſoit que la piece fut faite
à la main, ou que cela arriuât
par hazard, la Montre qui eſtoit
ſur la Table, & qui eſtoit ſon-
nante, ſonna ?
Voila *vne Heure* qu'il y a long-

temps que j'attends, & que je vous fais attendre, s'écria alors *Philamie* en se jettant au col de *Phelonte*, & leuant le masque: (car la bonne Dame que nous auons toûjours appellé la Muette, estoit elle-mesme.) Ie ne vous sçaurois décrire la surprise de *Phelonte* à ce cry ; il ne pouuoit croire ce qu'il voyoit, parce qu'il voyoit ce qu'il ne croyoit pas : Mais enfin les veritables caresses de *Philamie*, luy firent connoistre que son bon-heur n'estoit point fabuleux, & qu'elle estoit la plus amoureuse des femmes, & luy le plus fortuné des hommes. Pour s'en mieux éclaircir, il n'oublioit rien de ce que le bon Dieu luy auoit donné de faculté,

Il faisoit tout ce qu'il sçauoit,

Il la

Il la baisoit à la jouë, à la bouche,
On peut bien croire ce qu'on voit,
Mais on croit bien mieux ce qu'on
touche.

Aprés les premieres & plus chaudes accolades, la parole luy reuint auec l'esperance ! Hé quoy ma chere *Philamie*, (luy dit-il) l'embrassant amoureusement ? Est-ce vous mesme qui m'écoutez ? Est-ce moy-mesme qui vous parle ? Mon cœur, luy répondit *Philamie*, c'est toy-mesme qui m'é-coutes, & c'est moy-mesme qui te parle ? Ie ne me soucie plus de mourir apres t'auoir fait voir que je n'ay vêcu que pour toy, com-me le bien est d'autant plus cher, & le plaisir d'autant plus doux, qu'ils ont esté tous deux plus de-sesperez & moins attendus ; si tu

m'aimes comme je t'aimes, le tien
doit eſtre maintenant extrême
comme le mien; Ie me ſuis fait
aſſeurément beaucoup de violen-
ce , & je t'ay cauſé beaucoup
d'ennuy : Mais comme l'Amour
eſtoit egal , l'Impatience l'eſtoit
auſſi, & ſi tu as eſté en quelques
inquietudes ne ſçachant auec qui
tu eſtoîs & ce que tu deuois deuenir : Ie n'en ay pas eu de moin-
dres, de ſçauoir que j'eſtois auec
toy , & de n'oſer te l'apprendre :
Ie ne me ſuis pas fait moins de
peine que je t'en ay donnée, &
s'il s'eſt paſſé quelque choſe de
cruel & d'inhumain dans ton ad-
uenture , ta vertu me doit par-
donner vn crime que ton amour
m'a fait commettre pour ton repos & pour le mien. L'Amour
excuſe tout ce qu'il fait faire , &

j'excuse tout ce que vous faites ma chere ame, repliqua *Phelonte*, & vous m'auez joüé si adroitte-ment & si fauorablement pour moy que je ne puis conclure qu'a-uantageusement pour vous ; mais racontez-moy je vous prie les cir-constances de mon bon-heur & de vostre adresse, qui vous a pû por-ter à cet excez de bonne volonté pour moy , & par quel moyen vous estes vous défait du vieux jaloux , (il parloit de son mary *Oronte*) mon artifice m'a fait esloigner de luy , & ton merite m'a fait approcher de toy (reprit *Philamie* ;) il y a déja long-temps que tu as gaigné mon amitié , & que j'ay receu des preuues de la tienne, sans qu'il se soit presen-té aucune occasion assez fauora-ble pour t'en témoigner à mon gré

mon reſſentiment & ma recon=
noiſſance.

Mais quoy que l'Amour ſoit le plus
  petit des Dieux ,
C'eſt luy qui bien ſouuent fait les
  plus grands miracles.

Ie n'ay pû me contraindre dauantage ſans me faire tort , & te
voir languir ſans me faire pitié.
Ie fis hier porter à *Oronte* vne Lettre ſuppoſée d'vn Seigneur qui le
mandoit en Cour en diligence.
Le bon homme qui ne voit pas
plus loin que ſon nez, partit preſque à la meſme heure qu'elle luy
fut renduë. Ie communiquay mon
deſſein à *Liſe* que voilà (c'eſtoit
le nom de la Soubrette, la Belle
Chanteuſe , & la Gallante Hiſto-
rienne) & nous prímes enſemble
la reſo-

la resolution (l'ayant si belle) de
te faire acheter d'vn peu de soin
& de soucy vn bon-heur qui m'en
auoit tant coûté. Ie te donnay
donc *Rendez-vous* pour le soir, sça-
chant bien que tu n'y manquerois
pas, & t'ayant fait suiure déja
plusieurs fois par vn de mes Laquais pour voir le chemin que tu
prenois ordinairement quand tu
venois chez moy, je mis les habits *de Lise* pour estre moins con-
siderée, & elle prit les miens pour
estre plus de mise, & passer plus
facilement pour la Maîtresse, &
la Brie mon petit mal-heureux
Laquais qui estoit au güet au coin
d'vne ruë, nous estant venu aduertir que tu venois seul, nous
nous masquâmes aussi-tost toutes
deux, & montâmes en mesme
temps en Carrosse, auec resolu-

T

tion de t'attirer de quelque façon
que ce fut, *Lise* mit pied à terre
au coin de la ruë où tu la trouuas
pour mieux joüer son rôlle ; j'é-
tois trop persüadée de ta complaisance vers les Dames pour te
croire capable de refuser les fa-
ueurs d'vne qui te les jetteroit à la
teste : L'affaire estoit trop bien
concertée pour manquer, & tu t'es
laissé tomber dans le paneau aussi
gallamment qu'on ait jamais fait.
Il n'est pas besoin de t'en dire dauantage, tu sçais le reste aussi bien
que moy , & je meurs d'enuie de
n'en plus auoir du tout. *Phelonte*
luy prit ses belles mains pour ré-
ponse, & les luy baisa pour re-
merciment : Il n'oublia pas pourtant à luy parler des Vers qu'il
auoit trouuez dans son cabinet ; il
sçeut que *Pilette* auoit été si amou-

reux d'elle qu'il en seroit deuenu
fou s'il n'eut esté Poëte, & qu'il
luy auoit enuoyé tous ces papiers
durant son feu pour mieux nourir
sa flâme ; ensuite en estant venus
à de plus secrettes confidences &
a de plus grandes familiaritez, ils
laisserent *Lise* dans la salle qui s'en
alla coucher dans son lit; & ils entrerent tous deux dans le cabinet
dont il est question.

Où nous aurions sceu ce qu'ils firent,
Si les murailles qui les virent
Du commencement iusqu'au bout,
Faire tant de Belles Merueilles,
Auoient eu des Langues par tout,
Comme on dit qu'elles ont des Yeux
*   & des Oreilles.*

FIN.

TABLE DES CHOSES
plus confiderables de ce
Demy - Roman.

Fin de la Table.

faire imprimer, vendre, debiter
ny contrefaire ledit Liure sans le
consentement dudit exposant, à
peine aux contreuenans de trois
mil liures d'amende, confiscation
des exemplaires, & de tous dé-
pens, dommages & interests, ainsi
qu'il est plus amplement porté
par ledit Priuilege.

Acheué d'imprimer pour la premiere fois le vingt-quatriéme No-
uembre 1661.

Les Exemplaires ont esté four-
nis.

Registré sur le Liure de la Com-
munauté des Imprimeurs & Mar-
chands Libraires de cette ville de
Paris.

9 782019 914622